desaf!os

Refugiados

O grande desafio humanitário

GILBERTO M. A. RODRIGUES

Professor de Relações Internacionais da Universidade Federal do ABC e membro da Cátedra Sergio Vieira de Mello (UFABC/Acnur). Pesquisador do CNPq. Doutor em Ciências Sociais pela PUC-SP, com pós-doutorado pela Universidade de Notre Dame (Bolsista Fulbright) e pelo Centro de Estudos Latino-Americanos da American University, em Washington D.C., EUA. Autor de *Organizações Internacionais* e *Papo de café: Conversando sobre Relações Internacionais*, pela Editora Moderna.

1ª edição
2019

EDIÇÃO DE TEXTO: Lisabeth Bansi, Patrícia Capano Sanchez
PREPARAÇÃO: Véra Regina Alves Maselli
COORDENAÇÃO DE EDIÇÃO DE ARTE: Camila Fiorenza
DIAGRAMAÇÃO E GRÁFICOS: Isabela Jordani, Michele Figueredo
CAPA: Michele Figueredo
IMAGENS DE CAPA: Bote: © Nicolas Economou/Shutterstock;
Pessoas em fila: © Janossy Gergely/Shutterstock; Cerca: © Edward R/Shutterstock
CARTOGRAFIA: Anderson de Andrade Pimentel
COORDENAÇÃO DE REVISÃO: Elaine C. del Nero
REVISÃO: Nair Hitomi Kayo
COORDENAÇÃO DE ICONOGRAFIA: Luciano Baneza Gabarron
PESQUISA ICONOGRÁFICA: Cristina Mota, Maria Marques
COORDENAÇÃO DE *BUREAU*: Rubens M. Rodrigues
TRATAMENTO DE IMAGENS: Joel Aparecido Bezerra
PRÉ-IMPRESSÃO: Alexandre Petreca
COORDENAÇÃO DE PRODUÇÃO INDUSTRIAL: Wendell Jim C. Monteiro
IMPRESSÃO E ACABAMENTO: A.R. Fernandez
LOTE: 278900/278901

Dados Internacionais de Catalogação na Publicação (CIP)
(Câmara Brasileira do Livro, SP, Brasil)

Rodrigues, Gilberto M. A.
Refugiados: o grande desafio humanitário / Gilberto M. A. Rodrigues. – 1. ed. – São Paulo : Moderna, 2019. – (Desafios)

ISBN 978-85-16-11723-8

1. Geografia - Estudo e ensino 2. História - Estudo e ensino 3. Sociologia - Estudo e ensino I. Título. II. Série.

18-22982 CDD-371.36

Índice para catálogo sistemático:
1. Projetos pedagógicos : Métodos de ensino : Educação 371.36

Iolanda Rodrigues Biode – Bibliotecária – CRB-8/10014

EDITORA MODERNA LTDA.
Rua Padre Adelino, 758 – Belenzinho
São Paulo – SP – Brasil – CEP 03303-904
Vendas e atendimento: Tel. (11) 2790-1300
www.modernaliteratura.com.br
2019

Impresso no Brasil

Para Cris, Rapha e Pitty.

Sumário

Refugiados no centro do mundo, 6

1. Crises humanitárias e refugiados, 9

2. Da Pré-história ao pós-Segunda Guerra Mundial: a evolução do conceito de refugiado, 15

3. Refugiados – Quem são?, 19

4. Refugiados – Quem os reconhece? Quem os protege?, 29

5. Refugiados e migrantes forçados – Seu acolhimento no Brasil, 40

6. Refugiados no Brasil – De onde vêm? Quantos são?, 58

7. Quando a pessoa deixa de ser refugiada?, 66

8. O grande desafio humanitário, 68

Referências, 76

Organizações internacionais e nacionais que atuam para/com refugiados, 79

Refugiados no centro do mundo

A FOTO DE UM MENINO AFOGADO à beira de uma praia na Turquia em 2015 virou símbolo de uma tragédia humanitária. Aylan Kurdi era seu nome. Ele tinha três anos. Essa imagem de uma criança inerte, cuja vida escapou das mãos do pai numa travessia desesperada de refugiados sírios pelo Mar Mediterrâneo, mobilizou mentes e corações e tocou fundo na consciência de milhões de pessoas que nunca tinham ouvido falar de refugiados ou nunca haviam se preocupado em conhecer o drama e a tragédia dos migrantes forçados. Transmitida e viralizada globalmente nas redes sociais, a foto do menino morto gerou indignação e solidariedade e colocou o tema dos refugiados no centro do mundo.

“Quem são as pessoas refugiadas?”, “De onde vêm?”, “Por que fogem de seus países?” são perguntas que, desde o século XX, vêm desafiando o mundo. Há muita violência e perseguição, além de atrozes conflitos armados, que atingem diretamente milhares de pessoas e as forçam a escapar para outra cidade ou região dentro de seu país, ou para outros países.

Pessoas que tinham uma vida normal, assim como você, sua família e seus amigos; pessoas – adultos e crianças – que trabalhavam, estudavam, brincavam, namoravam e conviviam em família e que, de repente, se encontram em uma situação de intenso perigo. Suas vidas entram em risco devido à violência gerada por um conflito político, religioso, étnico ou racial, ou devido à intolerância com relação a gênero ou orientação sexual. Guerras civis e internacionais são grandes causadoras de fugas em massa de pessoas que se tornam refugiadas.

A imagem marcante do menino Aylan Kurdi, morto numa praia da Turquia em 2015.

POSSÍVEIS SITUAÇÕES GERADORAS DE REFÚGIO

- *"O pai de uma colega minha, da escola, publicou um artigo no jornal criticando o governo. No dia seguinte, ele foi preso, sem ter cometido crime algum."*
- *"Um grupo de meninos na escola me xingou e disse que meu sangue era sujo, que minha 'raça' era ruim e que eu não podia entrar no time deles."*
- *"Num fim de semana, na praça principal da minha cidade, cinco estudantes universitários foram detidos, golpeados com cassetetes e ameaçados de morte pela polícia por estarem participando de um protesto contra o governo."*
- *"A igreja que eu frequento foi atacada durante o culto, e os fiéis que ali estavam rezando foram maltratados e agredidos fisicamente por seguidores de outra religião, que são maioria no meu país."*
- *"O Parlamento do meu país acabou de aprovar uma lei que torna crime a homossexualidade."*

✦ *"Uma guerra eclodiu no meu país. Bombas explodem em nosso bairro... bum! bum! bum! Ouvem-se tiros e mais tiros sem parar... pá, pá, pá, pá!!! Não dá mais para ir à escola, nem fazer compras no mercado, nem ficar em casa em segurança. Papai disse que precisamos fugir imediatamente, migrar, migrar, migrar para bem longe, para um lugar onde possamos viver em paz e continuar estudando."*

Esses são apenas alguns exemplos de situações dramáticas que ocorrem pelo mundo todos os dias e mostram como algumas pessoas ou grupos de pessoas podem se tornar refugiados.

Com este livro, temos por objetivo explicar o que é o refúgio e a necessidade de proteção internacional e de integração local das pessoas refugiadas; mostrar como esse tema evolui e é tratado nas relações internacionais e dentro dos diferentes países, por que as pessoas refugiadas merecem proteção, acolhimento e hospitalidade e como isso acontece.

Buscaremos explicar, também, como o Brasil lida com o refúgio, como exerce a proteção e acolhe pessoas refugiadas e migrantes forçados e os integra localmente, e, ainda, quem são, de onde vêm e quantos são os refugiados no Brasil.

As pessoas refugiadas não são criminosas ou terroristas e não devem ser vistas como uma ameaça ou um peso para a sociedade que as recebe. Refugiados são pessoas dignas – iguais a você e a mim – e são parte da riqueza humana. São pessoas que trazem lições de coragem e superação diante das ameaças e dos traumas terríveis que tiveram de enfrentar.

O filósofo franco-magrebino Jacques Derrida defendia a ideia de "hospitalidade incondicional". De acordo com o seu pensamento, o imigrante deveria ser acolhido com hospitalidade, como ser humano, mesmo que não contribuísse com a sociedade que o acolhesse. Para além dessa ideia humanista, pode-se afirmar que pessoas refugiadas contribuem com sua inteligência, sensibilidade, emoção, visão de mundo e trabalho, influenciando a sociedade e a comunidade que as acolhe.

1. Crises humanitárias e refugiados

CRISES HUMANITÁRIAS SÃO SITUAÇÕES DRAMÁTICAS em que uma quantidade grande de pessoas, geralmente milhares ou até milhões – homens, mulheres e crianças – correm sério risco de morte e de sofrer graves violências, como ser torturadas, ou de enfrentar grandes dificuldades para sobreviver, em razão de algum evento natural catastrófico.

Exemplos de crises humanitárias são as causadas por guerras e conflitos armados violentos, por violência decorrente de regimes políticos autoritários, por eventos naturais catastróficos, como terremotos, inundações, tsunamis, epidemias e contaminações ambientais ou, ainda, por secas prolongadas e falta de água, que geram grandes êxodos de pessoas.

Há situações de crise humanitária que levam muitas pessoas a se deslocarem dentro de um mesmo território, no próprio país (chamamos essas pessoas de "deslocados internos"). Há também situações em que milhares de pessoas são forçadas a deixar o território de seu país (e, se o motivo foi perseguição, essas pessoas são chamadas de "refugiadas").

No caso de crises humanitárias em razão de perseguições, o desafio humanitário se traduz numa obrigação da Organização das Nações Unidas (ONU) de apoiar e dos demais países de acolher, proteger e integrar milhões de pessoas que se viram forçados a sair de seus países de origem e precisam, com urgência, de um lugar para morar e de condições dignas para continuar vivendo fora de sua terra e longe de sua casa.

O mundo vivencia hoje um grande desafio humanitário que envolve milhões de deslocados internos e de refugiados. Vamos explicar isso a seguir.

Segundo o Alto Comissariado das Nações Unidas para Refugiados (Acnur), órgão da ONU que zela pela proteção e inclusão das pessoas refugiadas, em 2017 havia no mundo 68,5 milhões de pessoas consideradas migrantes forçados, ou seja, pessoas que foram obrigadas a migrar por sofrerem algum tipo de ameaça ou perseguição.

Desses 68,5 milhões, 40 milhões eram pessoas deslocadas internas, 25,4 milhões eram pessoas refugiadas e 3,1 milhões eram solicitantes de refúgio.

PAÍSES QUE MAIS GERAM REFUGIADOS NO MUNDO (2017)

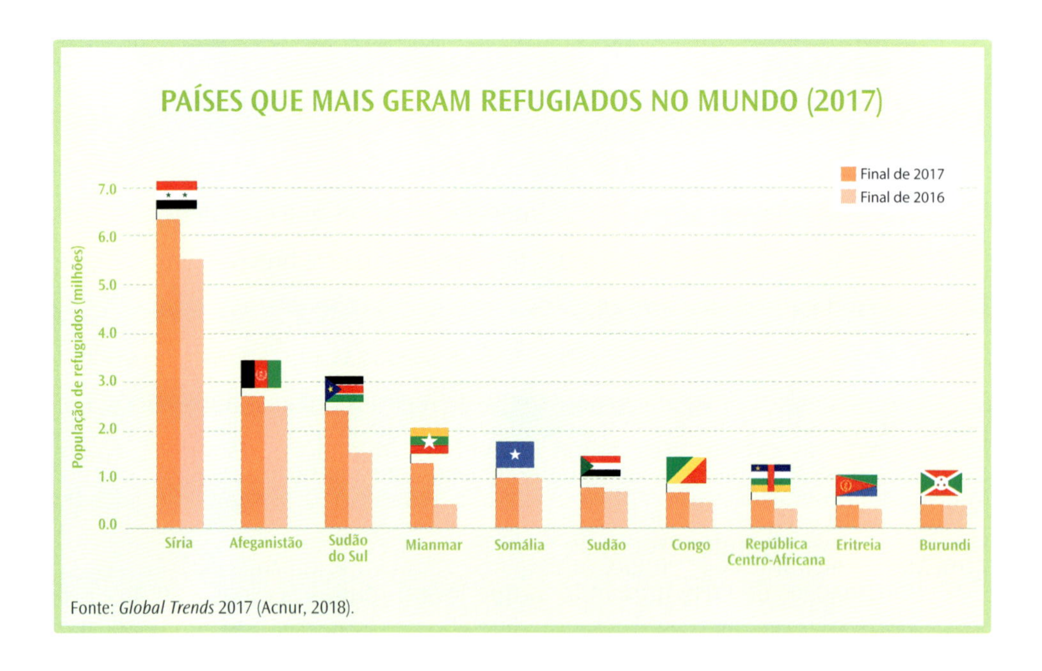

Fonte: *Global Trends* 2017 (Acnur, 2018).

Cabe observar que 68% do total de refugiados da atualidade são de apenas cinco países: Síria, 6,3 milhões; Afeganistão, 2,6 milhões; Sudão do Sul, 2,4 milhões; Mianmar, 1,2 milhão; e Somália, 986 mil.

DIFERENCIANDO MIGRANTES DE MIGRANTES FORÇADOS

Segundo a Organização Internacional das Migrações (OIM), não existe uma definição universal para o termo “migrante”. A OIM diz que esse termo “inclui todos os casos em que a decisão de migrar é tomada livremente pela pessoa ‘por razões de conveniência pessoal’, e sem a intervenção de fatores externos que a obriguem a realizar esse movimento”. Muitos migrantes buscam outros países para obter melhores condições de vida para si e para sua família, daí a expressão "migrantes econômicos", também utilizada para definir migrantes voluntários.

Para esses fluxos de migração existem regulações internacionais próprias, a partir das normas e diretrizes da Organização Internacional das Migrações (OIM), das organizações regionais de cooperação, como a Organização dos Estados Americanos (OEA), para os países das Américas, por exemplo, e dos acordos regionais de integração, como União Europeia (EU), para os países europeus, e Mercosul, para os países da América do Sul.

No caso dos migrantes voluntários (ou não forçados), cada país tem sua própria lei que define a forma de ingresso da pessoa e a necessidade de concessão de visto a ela (para turismo, estudo, pesquisa, trabalho etc.) como condição para sua permanência temporária no país de recepção. No Brasil é a Lei de Migração (Lei 13.445/2017). Os países não estão obrigados a receber ou acolher migrantes voluntários, prevalecendo sua decisão soberana de autorizar ou não a entrada dessas pessoas.

Utiliza-se aqui expressão "migração forçada" para definir a situação que implica a necessidade de uma pessoa de migrar dentro de seu país, ou para além dele, para proteger a própria vida diante de uma ameaça humana.

Os migrantes forçados são classificados pelo Acnur em quatro categorias principais: solicitantes de refúgio, refugiados, deslocados internos e apátridas.

CLASSIFICAÇÃO INTERNACIONAL DE MIGRANTES FORÇADOS, SEGUNDO O ACNUR

Solicitantes de refúgio: são pessoas que procuram refúgio em outro país e buscam obter reconhecimento de sua situação, de sua condição de pessoas refugiadas, devido ao temor de perseguição ou por causa de perseguição efetiva no seu país de origem.

Refugiados: são migrantes forçados, que cruzaram a fronteira de seus países de origem e migraram forçosamente para outro país devido ao temor de perseguição ou por causa de perseguição efetiva. A partir de uma solicitação de refúgio, tiveram sua situação, ou seja, sua condição de pessoas refugiadas, reconhecida pelas autoridades do país de acolhimento.

Deslocados internos: são migrantes forçados que se mudaram de uma região a outra dentro de seu próprio país, devido ao temor de perseguição ou por causa de perseguição efetiva, ou outro evento humano ou natural que represente risco para suas vidas.

Apátridas: são pessoas sem nacionalidade (nenhum Estado as reconhece como nacionais), que dependem de acolhimento (como pessoas refugiadas), em algum país. Além de refúgio, a ONU recomenda aos países de acolhimento que concedam nacionalidade aos apátridas.

Uma nova categoria é a de **migrante** ou **deslocado ambiental**. Migrantes ou deslocados internos ambientais (há também migrantes ou deslocados internos climáticos) são pessoas obrigadas a migrar em razão de eventos naturais ou humanos que afetam o meio ambiente, ou devido às mudanças climáticas. Ainda não há uma regulação internacional específica para proteger essas pessoas, mas o Acnur sugere que os Estados apliquem alguma forma de proteção complementar, como a concessão de vistos humanitários.

VISTO HUMANITÁRIO

Um visto é uma autorização prévia, colocada no passaporte de uma pessoa pela autoridade de outro país (chamado de cônsul, quando a autorização é dada no país estrangeiro) para a pessoa poder entrar nesse país. Há vários tipos de visto: de turista, de estudo, de trabalho etc. O visto humanitário é dado para pessoas que necessitam de proteção, devido a uma crise humanitária causada por fatores humanos ou naturais no seu país de origem ou de residência. O Brasil começou a conceder vistos humanitários para haitianos em 2012 e, a partir da nova Lei de Migrações de 2017, o visto humanitário foi oficialmente adotado no Brasil.

FLUXOS MIGRATÓRIOS MISTOS

Os fluxos mistos são aqueles que envolvem tanto migrantes forçados quanto migrantes voluntários. Por exemplo, uma barcaça que sai do litoral da Líbia e atravessa o Mediterrâneo pode levar pessoas perseguidas e pessoas que apenas buscam um lugar melhor para viver. Uma das diretrizes do Acnur é que os fluxos mistos não podem ser justificativa para um país negar a entrada de pessoas refugiadas.

MIGRANTES E REFUGIADOS

"As pessoas migram por uma variedade de razões. O termo 'migrante' abrange qualquer pessoa que se muda para um país estrangeiro por um determinado período de tempo. Migrantes, especialmente os migrantes econômicos, em geral optam por mudar-se para ter uma vida melhor (...). Migrantes são protegidos pelo direito internacional dos direitos humanos. Essa proteção deriva de sua dignidade fundamental enquanto seres humanos. Refugiados são especificamente definidos e protegidos pelo Direito Internacional dos Refugiados. São definidos como pessoas que estão fora de seus países de origem por fundados temores de perseguição, conflito ou outras circunstâncias que perturbam seriamente a ordem pública e que, como resultado, necessitam de 'proteção internacional'."

Fonte: Fluxos mistos e o papel do Acnur de assegurar os direitos dos refugiados. In: *Guia de fontes em ajuda humanitária* – Médicos sem Fronteiras, 2017.

2. Da Pré-história ao pós-Segunda Guerra Mundial: a evolução do conceito de refugiado

A MOBILIDADE HUMANA É UM TEMA TRANSCENDENTE para a humanidade. Há vestígios arqueológicos de deslocamentos humanos desde a Pré-história, causados por distintas razões naturais (secas, inundações, geadas, escassez de alimentos) e por razões humanas (disputas e conflitos por domínios territoriais, por recursos naturais ou por locais considerados sagrados).

Os livros sagrados das religiões mais conhecidas e praticadas relatam eventos de grandes deslocamentos humanos (o Êxodo e a Diáspora, na Bíblia; a Hégira, no Corão) como parte do desenvolvimento e da narrativa histórica de muitos povos.

Durante a maior parte da história humana conhecida, pessoas e grupos humanos podiam se deslocar de um local a outro sem controles ou barreiras permanentes, salvo aquelas dadas por obstáculos naturais ou por ser o território de um inimigo. Migrações foram – e são – condição da própria sobrevivência e parte da cultura de muitos povos.

Porém, com o surgimento dos Estados nacionais, no fim do século 15, e o desenvolvimento da ideia de soberania – amparada no pensamento do filósofo francês Jean Bodin (1530-1596) –, o controle de ingresso e de saída de pessoas e mercadorias tornou-se mais rígido e, gradativamente, passou a impedir o livre trânsito de pessoas na fronteira. Assim, o Estado nacional, aos poucos, assume a prerrogativa de definir quem pode entrar, e quando, em seu território.

O mundo dos Estados nacionais tornou-se o mundo das fronteiras rígidas e controladas. E a migração converteu-se em tema crucial para os Estados, que exercem um controle seletivo sobre quem entra e sai de seu território. Alguns passaram a ter "política migratória", para decidir quem pode neles entrar e quem não pode.

A evolução da ideia de migração forçada, entretanto, foi ganhando peso e aos poucos foi-se abrindo um leque de exceções reguladas pelo direito internacional. No processo da evolução do marco jurídico de proteção das pessoas refugiadas, são consideradas três etapas ou fases, como veremos a seguir.

AS TRÊS ETAPAS DA EVOLUÇÃO DO DIREITO AO REFÚGIO

"Cabe identificar três etapas na evolução do marco jurídico de proteção das pessoas refugiadas:

1. A **primeira fase,** que se desenvolve até a Segunda Guerra Mundial, caracterizou-se pelo reconhecimento coletivo dos refugiados.

2. A **segunda fase**, que abarca a Segunda Guerra Mundial até sua conclusão, pode ser considerada uma fase de transição.

3. A **terceira fase**, que se inicia com o estabelecimento do Acnur e a entrada em vigor da Convenção de 1951, e se prolonga até a atualidade, caracteriza-se pelo reconhecimento individual da condição de refugiado e pelo reconhecimento de outras formas de proteção internacional."

Fonte: Comitê Hungaro de Helsinque. *The Refugee Law Reader. Compilación de derecho de las personas refugiadas*, 2015.

Na **primeira fase**, desde a Antiguidade Clássica se tem notícia de pessoas que fugiam de algum tipo de perseguição e buscavam refúgio em algum local. Durante séculos, locais sagrados e templos religiosos foram territórios de asilo. Na Grécia Clássica, os Oráculos de Delfos e de Delos tiveram essa função. Mosteiros na Idade Média também tiveram esse papel.

áculo de Delfos.

Oráculo de Delos.

A Primeira Guerra Mundial gerou uma impressionante quantidade de refugiados – algo entre 4 e 5 milhões de pessoas. A maioria dessas pessoas era de apátridas, ou seja, pessoas que perderam sua nacionalidade de origem porque seu país deixou de existir (foi invadido e anexado por outro) ou porque o governo cancelou sua nacionalidade por razões políticas.

Quando terminou a Primeira Guerra Mundial, os países vencedores – Estados Unidos, França, Reino Unido, entre outros – aprovaram os Tratados de Versalhes de 1919, e criaram a primeira organização internacional com vocação universal: a Sociedade das Nações (SDN), também conhecida como Liga das Nações (LDN), com sede em Genebra, na Suíça. Assim que entrou em vigor, em 1920, a SDN teve como principal desafio resolver o problema dos milhões de refugiados da Primeira Guerra.

Nessa situação havia 2 milhões de russos após a Revolução Bolchevique, em 1917. O norueguês Fridtjof Nansen, nomeado Alto-Comissário para os Refugiados Russos, em 1921, criou então um passaporte internacional que conferia segurança jurídica aos apátridas russos. Esse documento, conhecido como Passaporte Nansen, foi uma inovação e um grande

ROYAUME DE BULGARIE
MINISTERE DE L'INTERIEUR ET DE LA SANTÉ PUBLIQUE

PASSEPORT NANSEN
CERTIFICAT D'IDENTITÉ

Nom | nom Paul | prénom | nom de signature
Date de naissance 19-I-1894
Lieu de naissance
Nom de famille du père
Nom de famille de la mère
Profession
Ancien domicile en
Résidence actuelle

Signaliment:
1. Age 34
2. Taille
3. Visage
4. Constitution normale
5. Nez
6. Yeux
7. Barbe –
8. Bouche –
9. Cheveux
Profession
Domicile | ville | arrondissement | district
Signature
le 16 du mois de juillet
en l'an

Passaporte Nansen.

avanço para o Direito Internacional dos Refugiados. Nansen ganhou o Prêmio Nobel da Paz, em 1922. Seu trabalho com refugiados na SDN durou cerca de uma década e deixou um importante legado. Em 1938, atendendo à Proposta da Noruega, a SDN aprovou a criação do Alto-Comissariado da SDN para Refugiados.

A **segunda fase**, durante a Segunda Guerra Mundial, representou uma transição entre a primeira fase, de reconhecimento coletivo dos refugiados, e a terceira, em que o sistema passou a reconhecer individualmente as pessoas refugiadas como sujeitos de proteção internacional.

Nessa segunda fase, com a eclosão da Segunda Guerra, a SDN deixou de funcionar, o que afetou seu recém-criado órgão para refugiados. Com o apoio dos Estados Unidos, foi criado o Comitê Intergovernamental para Refugiados, que atuou até o final da Guerra. Com a criação da ONU, em 1945, o tema dos refugiados tornou-se um dos principais da agenda e, três anos depois, foi criada a Organização Internacional para Refugiados, com um mandato de prazo determinado, vindo a encerrar suas atividades em 1952, com o início das atividades do Acnur.

REFUGIADOS PALESTINOS

Em 1949, logo após o início do conflito israelo-palestino e a ocupação ilegal dos territórios palestinos por Israel, a Assembleia Geral da ONU criou a Agência das Nações Unidas para Assistência e Trabalhos para os Refugiados da Palestina (UNRWA), que mantém até hoje o mandato exclusivo para cuidar de aproximadamente 5 milhões de refugiados palestinos no Oriente Médio.

A **terceira fase**, iniciada com a aprovação da Convenção de 1951 e a criação do Acnur, será vista no próximo capítulo.

3. Refugiados – Quem são?

A SEGUNDA GUERRA MUNDIAL FOI o momento em que as sociedades ocidentais se convenceram da importância de criar uma proteção universal a pessoas perseguidas por razões específicas. Milhões de pessoas com opiniões políticas diferentes, ou de determinada etnia ou raça, além de pessoas com determinada orientação sexual (homossexuais, por exemplo) foram exploradas, torturadas e exterminadas durante aquele conflito.

REFUGIADOS DA SEGUNDA GUERRA MUNDIAL

"(...) Numa estimativa por cima, os anos 1914-1922 geraram entre 4 e 5 milhões de refugiados. A primeira enxurrada de destroços humanos foi o mesmo que nada diante do que se seguiu à Segunda Guerra Mundial, ou da desumanidade com que foram tratados. Estimou-se que em maio de 1945 havia talvez 40,5 milhões de pessoas desenraizadas na Europa, excluindo-se trabalhadores forçados dos alemães e alemães que fugiam diante do avanço dos exércitos soviéticos (...).

Fonte: Eric Hobsbawm. *Era dos extremos. O breve século XX* – 1914-1991, 2007.

Denominou-se **genocídio** o extermínio deliberado, planejado e sistemático de pessoas por grupos organizados ou pelo próprio Estado. Foi o que aconteceu com os judeus e outros povos exterminados pelos nazistas. No caso dos judeus, estima-se que cerca de seis milhões foram mortos durante o governo de Adolf Hitler (1933-1945), fato conhecido como Holocausto.

Milhões de judeus fugiram da Alemanha e dos territórios ocupados pelos alemães e se refugiaram em outros países. Alguns desses refugiados, mundialmente conhecidos, foram o cientista Albert Einstein e a filósofa Hanna Arendt.

As imagens trágicas de campos de concentração nazistas, onde milhares de judeus foram confinados em condições subumanas e mortos em câmaras de gás, geraram enorme comoção no mundo e sensibilizaram a opinião pública dos países vencedores da Segunda Guerra, levando-os a tomar medidas para fortalecer a proteção dos direitos humanos em várias esferas.

A criação da ONU, em 1945, e a aprovação da Declaração Universal dos Direitos Humanos, em 1948, estabeleceram que os direitos humanos deveriam prevalecer em qualquer circunstância, e que todas as pessoas têm direito à vida, à liberdade, à igualdade, à dignidade, a ter opinião política, liberdade de fé e uma nacionalidade, entre diversos direitos fundamentais que passaram a ser internacionalmente reconhecidos. Em 1948, também foi aprovada pela ONU a Convenção sobre Genocídio.

© Bridgeman images/Easypix Brasil

© Alfred Eisenstaedt/The LIFE Picture Collection/Getty Images

Hannah Arendt e Albert Einstein.

© Yad Vashem Archives/AFP

Pessoas no campo de concentração nazista de Auschwitz.

Era necessário, contudo, definir com clareza quem poderia ser considerado refugiado, pois essa definição permitiria ao migrante forçado ingressar no território de outro país sem pedir autorização e mesmo sem passaporte, visto ou qualquer outro documento. A situação da pessoa refugiada é tão grave que ela pode entrar no território de outro país até mesmo de forma clandestina, escondida, e isso não poderá ser considerado invasão irregular ou crime pelas autoridades do Estado em que ela ingressou.

Dessa forma, em 1951, foi aprovada a Convenção de Genebra sobre o Estatuto dos Refugiados. Criado na forma de um tratado internacional, esse documento tornou-se obrigatório para todos os países que o assinaram e tempos depois confirmaram sua aceitação, por meio da ratificação.

O que é uma convenção internacional? É uma espécie de "lei" feita pelos países para que todos sigam as mesmas regras sobre um determinado assunto. Por exemplo, a Convenção sobre os Refugiados diz quem pode ser reconhecido como refugiado e a proteção que essa pessoa deve receber do país que a acolhe. Assim, todo mundo sabe que um refugiado tem que ter proteção porque existe uma "lei" entre os países que diz isso.

O QUE DIZ A CONVENÇÃO DE GENEBRA DE 1951

Primeiro ela define que pode ser reconhecida como refugiada toda pessoa que seja perseguida ou que tenha um fundado temor de perseguição. Então não é só a pessoa que esteja sendo perseguida visível e comprovadamente, mas também a que sinta que está sendo perseguida por uma das razões indicadas na Convenção.

Os motivos que podem determinar se uma pessoa pode ser reconhecida como refugiada são: raça, religião, nacionalidade, opinião política e grupo social.

MOTIVOS QUE DETERMINAM QUEM É REFUGIADO

(Convenção de Genebra de 1951)

Raça/Etnia – podendo também ser consideradas as características culturais e linguísticas.

Religião – ser líder religioso ou simplesmente crente e seguidor de uma religião.

Nacionalidade – ser nacional de determinado país (por exemplo, brasileiro, sérvio, sírio, congolês...).

Opinião política – ser líder ou representante político opositor ao governo, membro de um partido político, ou ter uma opinião crítica aos que estão no poder (por exemplo, defensores de direitos humanos, jornalistas, professores...).

Pertencer a um grupo social – gênero e orientação sexual (mulheres e homossexuais, por exemplo); pessoas com deficiência etc.

Além desses motivos, as pessoas apátridas, por não terem nacionalidade, também têm motivo para serem reconhecidas como refugiadas.

A **apatridia** atinge cerca de 3 milhões de pessoas no mundo. O artigo 15 da Declaração Universal dos Direitos Humanos de 1948 diz: “Toda pessoa tem direito a uma nacionalidade. Ninguém será arbitrariamente privado de nacionalidade”.

Para enfrentar esse grave problema, que impede uma pessoa inclusive de ter documentos, existem normas internacionais: a Convenção sobre o Estatuto dos Apátridas, de 1954, e a Convenção para Reduzir os Casos de Apatridia, de 1961. Vale lembrar que certidão de nascimento e de óbito são sempre emitidas para nacionais do Estado e, no caso de a pessoa ser estrangeira, cabe ao consulado do país de nacionalidade emiti-las.

Uma pessoa se torna apátrida quando seu país de origem ou de destino se recusa a reconhecer sua nacionalidade. Isso acontece com certos grupos nacionais e étnicos (por exemplo, palestinos, curdos, ciganos), com pessoas que professam certas religiões (islamismo, catolicismo etc.) e com crianças filhas de migrantes (forçados ou não), que não têm nem a nacionalidade do país de origem de seu pai e de sua mãe, nem a nacionalidade do país em que nasceram (porque as autoridades de ambos os países se recusam a reconhecer essa nacionalidade).

Às vezes a constituição do país ou uma lei malfeita que trata sobre nacionalidade pode criar apátridas. Isso aconteceu no Brasil, alguns anos atrás, gerando o caso dos "brasileirinhos apátridas". Crianças brasileiras que nasciam no exterior tinham que vir para o Brasil e escolher a nacionalidade brasileira até completar 18 anos. Quando isso não acontecia, a pessoa se tornava apátrida (nem era brasileira, nem era nacional do país em que vivia, como os Estados Unidos). Nessa situação, a pessoa não podia pedir ou renovar passaporte. Mas houve uma mudança na Constituição brasileira e isso hoje não acontece mais.

A Convenção de 1951 também diz que uma pessoa que alega temor de perseguição ou perseguição efetiva no país de origem não pode ser devolvida pelo país de acolhimento. Trata-se do princípio da não devolução (conhecido pela expressão em francês *non refoulement*). Esse princípio de proteção à vida dos refugiados é tão importante que se aplica obrigatoriamente a todos os países, mesmo os que não assinaram a Convenção.

Apesar da consciência gerada pela tragédia da Segunda Guerra, a Convenção de Genebra de 1951 não se aplicava a todo o planeta, mas foi um instrumento para resolver pendências migratórias geradas por aquele conflito. Somente em 1967, com a aprovação de um Protocolo, espécie de complemento legal à Convenção, foi que ela passou a valer em todo o mundo.

“VIVI 26 ANOS SEM EXISTIR”, DIZ REFUGIADA QUE NUNCA TEVE NACIONALIDADE

“As irmãs Maha, de 30 anos, e Souad Mamo, de 32, de família síria, nunca tiveram a nacionalidade reconhecida por nenhum país. Elas nasceram no Líbano, mas por questões legais e religiosas, não tiveram direito à cidadania local.” Maha Mamo afirmou, durante palestra sobre a condição de apátrida: “Eu vivi 26 anos no Líbano sem documentos, sem nada, sem existir. Sem direito à nacionalidade você não existe no mundo, é apenas uma sombra que está andando”.

Em 25 de junho de 2018, em uma cerimônia realizada no Ministério da Justiça, em Brasília, as irmãs Mamo foram reconhecidas como apátridas. É a primeira vez que o Brasil reconhece pessoas apátridas.

Meses depois, em 4 de outubro, elas se tornaram as primeiras pessoas apátridas a obter a nacionalidade brasileira em cerimônia organizada por autoridades diplomáticas brasileiras em Genebra, na Suíça.

Fontes: G1, 30 jun. 2018.
MRE, 5 out. 2018.

O **Direito Internacional dos Refugiados**, que passou a existir efetivamente a partir da Convenção de Genebra de 1951, trata de duas questões essenciais para os refugiados: a proteção internacional e as soluções duradouras.

A **proteção internacional** está relacionada ao pleno acesso da pessoa refugiada (homem, mulher, menino e menina) ao Direito Internacional dos Refugiados, por meio do Estado de acolhimento, e à impossibilidade de sua devolução ou deportação ao Estado de origem.

Soluções duradouras são formas de resolver a situação dos refugiados de maneira satisfatória e permanente, permitindo a eles uma vida normal. O Acnur indica três tipos de soluções duradouras: repatriação voluntária, integração local e reassentamento.

Repatriação voluntária	A resolução da difícil situação dos refugiados tem como prioridade sua repatriação voluntária, ou seja, a possibilidade de voltar por vontade própria ao país de origem. Na maioria das vezes, porém, isso não é possível, ou se torna possível somente após anos ou décadas dos eventos que provocaram a fuga do país de origem.
Integração local	Integração local é a possibilidade de o país de acolhimento oferecer condições dignas para que o refugiado e sua família possam reconstruir suas vidas em um novo local. Isso pode durar anos e até mesmo uma ou mais gerações.
Reassentamento	Reassentamento é a possibilidade de um ou mais refugiados mudarem, com apoio do Acnur, para um país de segundo acolhimento, onde possam se adaptar melhor ou correr menos riscos.

ESTADOS COMPROMISSADOS COM O REFÚGIO

Em dezembro de 2016, cerca de 148 países faziam parte da Convenção de Genebra de 1951 e/ou do Protocolo de 1967. Isso faz da Convenção um dos instrumentos com maior adesão dos Estados-membros dentro do sistema da ONU.

DEFINIÇÃO "AMPLIADA" DE REFUGIADO: O CASO DA AMÉRICA LATINA

Apesar de parecer completa, a definição de refugiado estabelecida pela Convenção de Genebra de 1951 tem lacunas que dão margem a dúvidas e não inclui todas as pessoas que sofrem algum tipo de perseguição. Por exemplo: pessoas que fogem de conflitos armados internos em seus países de origem ou que são perseguidas por gangues não são cobertas por essa Convenção.

Mesmo com essas dificuldades, é muito difícil mudar e ampliar a definição clássica e universal de refugiado dada pela Convenção de 1951, pois há muitos interesses em jogo, principalmente de países desenvolvidos, que não querem ampliar as possibilidades de ingresso de refugiados em seus países. Não se pode esquecer que o tema migratório é parte da geopolítica e das relações de poder e de controle das fronteiras. Por isso, há uma tendência em alargar a definição universal de refugiado por meio de mecanismos de "ampliação" em algumas regiões específicas do planeta. A primeira região a fazer isso foi a África.

Outro exemplo dessa ampliação, que nos interessa mais de perto, ocorreu na América Latina: diante da crise envolvendo refugiados e deslocados internos vítimas de conflitos armados na Colômbia e na América Central (El Salvador, Guatemala e Nicarágua), um grupo de acadêmicos e de especialistas do Acnur se reuniu na cidade colombiana de Cartagena das Índias, em 1984, para discutir soluções para pessoas afetadas por aqueles conflitos. Esse grupo aprovou um documento conhecido como Declaração de Cartagena de 1984, em que se recomenda que a definição de refugiado seja ampliada para incluir vítimas de violações maciças dos direitos humanos.

DEFINIÇÃO AMPLIADA DE REFUGIADO – AMÉRICA LATINA E CARIBE

"(...) A definição, ou conceito, de refugiado recomendável para sua utilização na região é aquela que, além de conter os elementos da Convenção de 1951 e o Protocolo de 1967, considere também como refugiados as pessoas que tenham fugido de seus países porque sua vida, segurança ou liberdade foram ameaçadas pela violência generalizada, a agressão estrangeira, os conflitos internos, a violação maciça dos direitos humanos ou outras circunstâncias que tenham perturbado gravemente a ordem pública".

Fonte: *Declaração de Cartagena*, 1984.

A partir daí, diversos países latino-americanos passaram a adotar nas suas leis a definição ampliada de refugiado da Declaração de Cartagena de 1984. Mas o "espírito de Cartagena" não se resumiu à definição ampliada de refugiado. O Acnur promove, a cada 10 anos, desde 1984, em cooperação com os países e a sociedade civil da região, uma reunião para debater problemas e prioridades regionais sobre o tema dos refugiados. Assim, houve "Cartagena + 10" (1994, em San Jose, Costa Rica), "Cartagena + 20" (2004, na Cidade do México) e Cartagena + 30 (2014, em Brasília, Brasil). Em cada uma dessas reuniões, foi elaborada uma Declaração e um Plano de Ação a serem cumpridos nos dez anos seguintes.

Na América Latina, há conflitos armados internos gerados por guerrilhas (Colômbia), crime organizado (México), gangues, também conhecidas como marras (Norte da América Central – El Salvador, Guatemala e Honduras), conflitos políticos (Haiti, Venezuela) e violência generalizada do Estado ou milícias (Nicarágua). Esses conflitos geram migrantes forçados que se deslocam principalmente para países vizinhos.

PANORAMA REGIONAL DO REFÚGIO – AMÉRICAS

Segundo o Acnur, o continente americano abrigava (em 2016) cerca de 692.700 mil refugiados.* O Acnur indicou que as situações mais relevantes são:

*UNHCR. *Global Trends, Forced Displacement* 2016 (UNHCR, 19 de junho de 2017) Disponível em: <https://tinyurl.com/ybum5cxh>.

**UNHCR, The Americas (UNHCR, novembro de 2017). Disponível em: <ttps://tinyurl.com/ycjd7sf3>.

***UNHCR, *As asylum applications by Venezuelans soar, UNHCR steps up response* (UNHCR, 14 de julho de 2017) Disponível em: <https://tinyurl.com/ybedkmzv>.

Fonte: Conare, 2018.
(Sites acessados em: 18 jan. 2019.)

4. Refugiados – Quem os reconhece? Quem os protege?

CADA PAÍS TEM A OBRIGAÇÃO DE CRIAR AS CONDIÇÕES para acolher e oferecer proteção às pessoas refugiadas que escaparam de perseguições em seus países de origem. Uma das condições para que o país de acolhimento possa oferecer a proteção prevista no direito internacional é que a pessoa refugiada ingresse no território do país e solicite refúgio.

Isso quer dizer que não é possível pedir refúgio dentro de uma embaixada ou consulado. Essa hipótese existe para o instituto do asilo diplomático ou político, que é diferente do refúgio porque não depende de normas e regras da ONU, mas da decisão unilateral do país da embaixada, que pode ou não conceder o benefício. Também não se pode pedir refúgio em navio ou avião, fora do país de acolhimento.

!

Julian Assange, jornalista australiano do WikiLeaks, não é considerado um refugiado. O governo do Equador concedeu a ele asilo diplomático em sua embaixada em Londres, mas as autoridades britânicas não aceitam que ele deixe o local em liberdade e viaje para o Equador. Para que viesse a ser reconhecido como refugiado, Assange teria que ingressar no território do Equador, ou de outro país, e ali solicitar refúgio.

© Jack Taylor/Getty Images

Assange na embaixada do Equador, em Londres.

ASILO OU REFÚGIO?

Há muita confusão entre os termos *asilo* e *refúgio*, *asilado* e *refugiado*. A imprensa os usa como sinônimos, mas tecnicamente existem diferenças entre eles. No mundo anglo-saxão (Austrália, Canadá, Estados Unidos, Reino Unido e outros), a expressão *asylum* é usada como "refúgio", e o solicitante de refúgio é chamado de *asylum seeker*. Como muitos documentos e textos sobre o assunto são traduzidos do inglês, é comum que se mantenha a palavra original. Na América Latina, *asilo* e *refúgio* são coisas diferentes. A concessão do asilo político é uma decisão que cabe ao presidente do país, para proteger um migrante que foge de uma perseguição. É uma decisão política, que só depende do presidente do país que a concede. Pode-se pedir asilo em uma embaixada, em um navio ou em um avião. Já o reconhecimento do refúgio é uma decisão que deve seguir as regras da ONU e do direito dos refugiados, e cabe ao órgão responsável que existe somente para avaliar esses pedidos, os quais só podem ser feitos dentro do território do país de acolhimento. No caso do Brasil, esse órgão é o Conselho Nacional para os Refugiados (Conare).

Há quatro importantes atores nesse processo:

1. O Alto Comissariado das Nações Unidas para Refugiados (Acnur), órgão da ONU que defende e promove a proteção internacional dos migrantes forçados e auxilia a implementação de soluções duradouras.
2. Os Estados nacionais, chamados de países de primeiro ou segundo acolhimento, que recebem e devem proteger e dar condições de vida digna aos migrantes forçados.

3. A sociedade civil organizada e as Organizações Não Governamentais (ONGs) que atuam no campo humanitário.
4. Os próprios refugiados, que devem ter respeitada e garantida a sua voz, de maneira individual ou de forma coletiva, por exemplo, por meio de coletivos e de associações de refugiados.

O **Acnur** tem mandato da ONU para liderar e coordenar ações internacionais para a proteção global de refugiados e para resolver problemas a eles relacionados. Ele deve garantir que a proteção seja observada em todas as situações, responder a emergências e promover a inclusão dos refugiados, apoiando os países de acolhimento e suas comunidades.

Com sede em Genebra, na Suíça, o Acnur está presente na maioria dos países, e é um dos órgãos da ONU mais atuantes no mundo porque, além dos escritórios administrativos, também está no campo, ou seja, atua na proteção direta dos migrantes forçados.

Para otimizar e expandir sua atuação, o Acnur promove parcerias com governos, com o setor privado e com a sociedade civil, em busca de sinergias de trabalho e de recursos.

A fim de conferir visibilidade ao tema do refúgio e sensibilizar a opinião pública para o tema, o Acnur nomeia, como enviados especiais e embaixadores voluntários, personalidades e celebridades do mundo artístico e esportivo, cujo carisma e credibilidade o ajudam a obter apoio e arrecadar fundos para suas ações.

© Harold Cunningham/Getty Images

Sede do Acnur em Genebra.

Uma das ações inovadoras mais recentes para sensibilizar o mundo para o tema dos refugiados foi a parceria feita entre o Acnur e o Comitê Olímpico Internacional (COI), que resultou na participação de atletas olímpicos refugiados nas Olimpíadas de 2016, no Rio de Janeiro.

© Angela Weiss/AFP

O ator norte-americano Ben Stiller (foto ao lado), embaixador da boa vontade do Acnur.

Momento da entrada da delegação olímpica de refugiados na abertura dos jogos Rio 2016 (foto abaixo).

© Pedro Ugarte/AFP

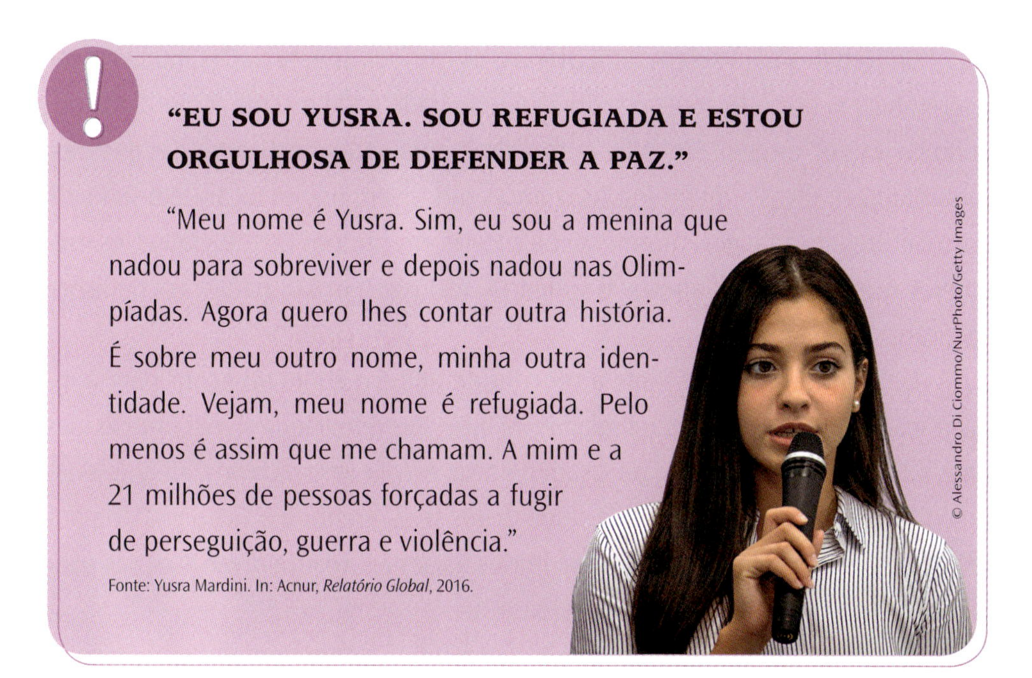
© Alessandro Di Ciommo/NurPhoto/Getty Images

"EU SOU YUSRA. SOU REFUGIADA E ESTOU ORGULHOSA DE DEFENDER A PAZ."

"Meu nome é Yusra. Sim, eu sou a menina que nadou para sobreviver e depois nadou nas Olimpíadas. Agora quero lhes contar outra história. É sobre meu outro nome, minha outra identidade. Vejam, meu nome é refugiada. Pelo menos é assim que me chamam. A mim e a 21 milhões de pessoas forçadas a fugir de perseguição, guerra e violência."

Fonte: Yusra Mardini. In: Acnur, *Relatório Global*, 2016.

A nadadora Yusra Mardini, por exemplo, é uma garota síria que sentiu a morte de perto. Ela conseguiu fugir de seu país com a família, nadou para sobreviver e salvou 18 pessoas. Tornou-se um exemplo de coragem e superação para outras meninas e meninos que vivem o drama das guerras e da violência em várias partes do mundo. Além disso, Yusra mostra para outras garotas e garotos que não são refugiados, e não sabem bem o que é isso, que existem crianças e jovens refugiados que querem refazer sua vida em outro país, desejam ter uma vida normal, brincar, estudar, sair com os amigos, sem ter que enfrentar preconceito, discriminação e *bullying*. Ela estava entre os 10 atletas refugiados escolhidos para participar dos Jogos Olímpicos de 2016, no Rio de Janeiro. Esses atletas não se apresentaram sob as bandeiras de seus países, mas sob a bandeira do Comitê Olímpico Internacional.

Quando há fluxos maciços de pessoas que cruzam a fronteira para buscar proteção em um país vizinho, o pessoal do Acnur atua diretamente no local para organizar os chamados "campos de refugiados". Esses campos dependem da ação do Acnur, em parceria com o país de acolhimento, para montar uma série de tendas, que servem como casas provisórias para acolher essas pessoas refugiadas, buscando oferecer a elas condições mínimas de sobrevivência.

Concebidos para serem temporários, os campos de refugiados muitas vezes permanecem durante anos, devido à continuidade e até mesmo à piora do conflito no país de origem. São um enorme problema para a segurança das pessoas, sobretudo crianças e mulheres. As crianças que vivem nesses locais têm sua vida escolar prejudicada, pois raramente há escolas em campos de refugiados. As mulheres ficam sujeitas a abusos e violência, inclusive sexual, dadas as condições precárias dos campos.

Outra questão importante a ser considerada é o apoio do Acnur para a integração local das pessoas refugiadas. Milhões de refugiados vivem em cidades nos países de acolhimento e precisam de casa, escola para os filhos, atendimento médico e psicossocial, trabalho e respeito aos seus direitos e à sua dignidade humana. O Acnur, por meio de seus escritórios nacionais, realiza diversas ações para ajudar a integração local dessas pessoas.

A maioria dos **Estados nacionais** ou **países** se comprometeu em acolher refugiados, mas cada país tem autonomia (soberania) para definir de que maneira fará esse acolhimento e quantos refugiados acolherá. É importante que cada país tenha uma lei sobre o assunto e um órgão estatal para decidir sobre os pedidos de refúgio.

Campo de refugiados sírios na Turquia.

É fundamental saber que a maioria dos atuais 68,5 milhões de migrantes forçados vive em países em desenvolvimento. Esse fato contraria a ideia, muito difundida na mídia e no senso comum, de que são os países ricos os que mais acolhem refugiados. Isso é absolutamente falso. Trata-se de um mito criado pela reação desproporcional de algumas autoridades e de parte da sociedade civil de países desenvolvidos que temem uma "invasão de refugiados".

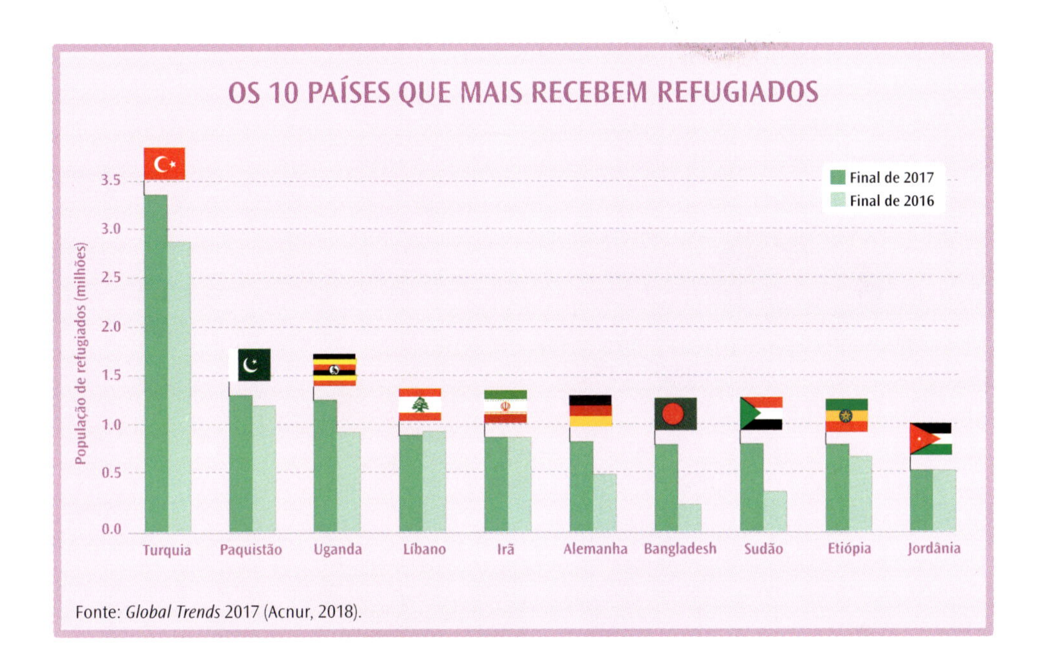

Fonte: *Global Trends* 2017 (Acnur, 2018).

Em casos de emergência humanitária, o Acnur lança um "alerta humanitário", uma espécie de chamado para os países acolherem refugiados sem adotar os procedimentos normais de migração, ou facilitando-os. Assim, os países vizinhos têm a obrigação de abrir suas fronteiras para a passagem de centenas e, às vezes, milhares de refugiados, que fogem de perseguição e de conflitos armados.

A Convenção sobre os Refugiados diz expressamente que nenhum país deve assumir sozinho o ônus de recebê-los. Ônus, aqui, significa responsabilidade. Se um país recebe milhares de refugiados, os demais países devem aceitar receber uma parte dessas pessoas, por meio do mecanismo chamado reassentamento. Como já vimos, reassentamento é uma forma de transferir uma pessoa refugiada (e sua família) de um país de primeiro acolhimento para um país de segundo acolhimento, onde possa(m) se adaptar melhor e ter mais segurança.

A Síria é um exemplo do problema da concentração de pessoas refugiadas em alguns países. A Turquia acolhe mais de 3 milhões de sírios dentro de seu território e o Líbano abriga cerca de um milhão deles. Esses países receberam essa enorme quantidade de refugiados sírios por uma razão principal: fazem **fronteira com a Síria** e eram as únicas opções existentes para os sírios escaparem da ameaça de violência e morte, em virtude da guerra.

A quantidade de pessoas reconhecidas como refugiadas é medida anualmente. Chama-se taxa de elegibilidade o índice que mostra a porcentagem de pessoas reconhecidas como refugiados, por ano, em cada país. Quanto mais alta a taxa, mais aberto e acolhedor é considerado o país. Muitos países desenvolvidos estabelecem cotas anuais de recepção de refugiados, impedindo que muitos deles ingressem em seu território.

© DREAMWORKS SKG/AMBLIN/ MORTON, MERRICK/Album/Album/Fotoarena

Tom Hanks em cena do filme *O terminal*.

No filme *O terminal* (EUA, 2004; direção de Steven Spielberg), protagonizado pelo ator Tom Hanks, um rapaz viaja de um país fictício da Europa Oriental para Nova York e, no meio da viagem, seu país de origem sofre um golpe de Estado, deixando de ser reconhecido como país, e seu passaporte é cancelado. De forma anedótica, esse filme mostra uma pessoa que se torna apátrida, entra num limbo jurídico e fica morando no aeroporto. Na vida real o personagem de Hanks deveria ter sido admitido nos Estados Unidos como solicitante de refúgio.

Em grande parte dos países desenvolvidos (Austrália, Canadá, Estados Unidos, entre outros), os solicitantes de refúgio ficam detidos em centros de detenção de imigrantes e ali devem aguardar, por meses ou até anos, a resposta da autoridade governamental, ou de um juiz, para seu pedido. Mas o Acnur recomenda que eles fiquem em liberdade e tenham os mesmos direitos dos estrangeiros residentes.

Mesmo não tendo um papel definido nas convenções internacionais e na lei brasileira do refugiado, estados e municípios têm desempenhado papel crescente no âmbito da integração local dos refugiados no mundo e também no Brasil. Esse papel se justifica na medida em que educação (fundamental e média), saúde, habitação, inserção no trabalho, entre outras, são políticas públicas e serviços nas esferas estaduais e municipais. Refugiados e suas famílias têm direito a acessar esses serviços, mas, em muitos casos, sua condição de vulnerabilidade exige uma abordagem diferente por parte dos agentes públicos. Por exemplo, crianças refugiadas muitas vezes carregam traumas dos conflitos vividos e demandam, da escola, cuidado e atenção especial.

No Plano de Ação do México (2004), uma das prioridades para a política de refúgio na América Latina são as cidades solidárias, visando a criação de leis e políticas locais para apoiar a integração de migrantes forçados. Algumas cidades, como São Paulo, criaram órgãos e conselhos que incluem a participação dos refugiados, o que configura um grande avanço nessa área.

Alguns estados criaram conselhos para organizar suas ações nesse campo. O estado de São Paulo, que passou a ter a maior concentração de refugiados e de solicitantes de refúgio, criou o primeiro Conselho Estadual para Refugiados, e foi seguido por outros, como Rio de Janeiro, Rio Grande do Sul e Paraná.

Existe uma longa tradição de ajuda humanitária, por parte de **organizações da sociedade civil**, desde a criação do Comitê da Cruz Vermelha, por Henri Dunant, na Suíça, em meados do século 19.

O fato de muitos deslocados internos ficarem à mercê da própria sorte, sem apoio de seu próprio país, e de muitas pessoas refugiadas não contarem com o apoio e os recursos financeiros dos países de acolhimento, estimula o trabalho de organizações sociais especializadas no trabalho humanitário, como a Caritas, da Igreja Católica, a própria Cruz Vermelha, e outras laicas (não religiosas), como Médicos Sem Fronteira etc.

Henri Dunant, o criador da Cruz Vermelha.

ONGs de direitos humanos e "clínicas jurídicas" de faculdades de Direito também participam desse trabalho, em grande parte por meio de trabalho voluntário, defendendo migrantes forçados perante as autoridades, visando a obtenção de *status* de refugiado para eles. Essa prática é muito comum nos Estados Unidos e vem se afirmando em outros países.

Na integração local, muitas ONGs têm um papel fundamental para auxiliar migrantes forçados a conseguir alojamento, casa, trabalho e emprego, bem como para receber aulas do idioma local e apoio para tratamento psicossocial ou de saúde.

As organizações da sociedade civil que apoiam refugiados também se tornam uma espécie de "casa coletiva" para eles, um local de convivência e sociabilidade, onde obtêm informações sobre diversos assuntos, especialmente sobre a cultura da região e do país, e sobre o seu processo no Conare, e fazem contato com seus compatriotas e com outros refugiados.

Entre os próprios refugiados, existem coletivos (grupos que se reúnem e se ajudam entre si) e associações sem fins lucrativos (registradas de acordo com a lei) que visam proteger os solicitantes de refúgio e refugiados e garantir a eles direitos e benefícios. Esses movimentos são importantes tanto para gerar solidariedade como para fortalecer a cidadania dessas pessoas. A união entre os refugiados é necessária para garantir seu direito à manifestação, sua voz autêntica, para que não sejam apenas defendidos e representados por ONGs e órgãos do governo (como agentes e defensores públicos) que têm a missão de fazer isso.

REFUGIADOS DO CONGO FAZEM ATO EM COPACABANA PARA PEDIR PAZ EM SEU PAÍS

"Há oito anos no Brasil, o refugiado congolês Charly Congo disse que o objetivo do ato foi sensibilizar o povo brasileiro para a situação vivida pelo povo de seu país. 'A gente resolveu fazer esse ato porque o dia tem um significado para o povo negro e para mostrar o desejo do povo congolês pela paz e na procura da liberdade e da democracia. Nós fugimos da guerra e estamos só pedindo paz e democracia. A falta de democracia e a guerra é que fazem a gente fugir para o Brasil e outros países".

Fonte: *Agência Brasil*, Rio de Janeiro, 21 nov. 2016.

5. Refugiados e migrantes forçados – Seu acolhimento no Brasil

O BRASIL TEM TRADIÇÃO DE SER PAÍS DE ACOLHIMENTO de migrantes, inclusive de refugiados. Apesar disso, em dois períodos da história recente, o país vivenciou retrocessos nesse campo: durante o primeiro governo de Getúlio Vargas (1937-1945), até a entrada do Brasil na Segunda Guerra, ao lado dos Estados Unidos, em julho de 1942, restringiu a concessão de vistos a judeus; já durante o regime militar (1964-1985), gerou refugiados brasileiros.

Curiosamente, mesmo nesses períodos de restrição migratória e autoritarismo, houve ações e movimentos de pessoas e instituições que, contrariando ordens superiores ou proibições legais, ajudaram refugiados a serem acolhidos no Brasil.

Na Era Vargas, devido à política antissemita existente no Brasil, o Ministério das Relações Exteriores havia baixado ordens expressas para não conceder vistos a judeus. Essas ordens, porém, foram contrariadas pelo Embaixador Luiz Martins de Souza Dantas, que trabalhava na França, em Vichy, capital francesa após a ocupação pelos nazistas. Entre 1940 e 1942, Souza Dantas concedeu mais de 400 vistos diplomáticos para judeus escaparem da França ocupada pelos nazistas e viajarem para o Brasil, para permanecerem aqui ou irem para outros países.

Investigado pelo Itamaraty (o Ministério das Relações Exteriores no Brasil) por sua conduta irregular ao contrariar ordens superiores, Souza Dantas enfrentou um processo administrativo que, ao final, não resultou em punição; porém, devido a esse fato, ele não teve o merecido reconhecimento póstumo no Brasil. Seu reconhecimento público veio somente em 2002, pelas mãos do pesquisador

Fabio Koifman, que, em sua dissertação de mestrado, transformada no livro *Quixote nas trevas – o embaixador Souza Dantas e os refugiados do nazismo,* mostrou a conduta solidária e corajosa do Embaixador. Reconhecido como herói da luta contra o nazismo, Souza Dantas foi proclamado "Justo entre as Nações" pelo Museu do Holocausto, em Israel.

EMBAIXADOR SOUZA DANTAS EXPLICA POR QUE CONCEDEU VISTOS CONTRARIANDO ORDENS SUPERIORES

"Lembro que, não havendo aqui Consulado, me vi obrigado, sem perder um minuto, a assumir funções consulares para, literalmente, salvar vidas humanas, por motivo da maior catástrofe que sofreu até hoje a humanidade. Fiz o que teria feito, com a nobreza d'alma dos brasileiros, o mais frio deles, movido pelos mais elementares sentimentos de piedade cristã."

O embaixador Souza Dantas (à direita) dando entrevista a um repórter do jornal *O Globo* na década de 1940.

Fonte: Telegrama enviado pelo Embaixador Souza Dantas ao Ministério das Relações Exteriores do Brasil, em 1º de maio de 1942. In Fabio Koifman, *Quixote nas trevas*, 2002.

"O MUNDO QUE EU VI"

"(...) o que eu vi, o mundo que eu vi, o que eu passei, não digo assim, de trágico da carne, mas o que eu passei de trágico da alma, na colocação de um ser humano perdido pela guerra, são histórias que dariam para escrever vários volumes".

Trecho de depoimento dado por Ziembinski, ator e diretor de teatro polonês e um dos refugiados judeus salvos pelo Embaixador Souza Dantas, ao Serviço Nacional de Teatro, em 1975. In Fabio Koifman, *Quixote nas trevas*, 2002.

No período da ditadura militar (1964-1985), milhares de brasileiros foram perseguidos, muitos foram torturados e mortos, ou foram vítimas de desaparecimento forçado (caso do deputado Rubens Paiva, pai do escritor Marcelo Rubens Paiva) e centenas foram para o exílio, como refugiados.

O Relatório da Comissão da Verdade, de 2014, mostrou as gravíssimas violações de direitos humanos realizadas pelos agentes da ditadura naquele período no país. Pessoas comuns, desconhecidas, assim como personalidades das artes e da política, tiveram que deixar o Brasil e foram acolhidas em outros países.

Ao mesmo tempo, com os golpes militares e a instalação de ditaduras no Chile (1973), na Argentina e no Uruguai (1976), chilenos, argentinos e uruguaios fugiram de seus países e foram acolhidos pela Igreja Católica no Brasil, no período 1970-1980. Havia também aqui refugiados da ditadura paraguaia.

IGREJA CATÓLICA ACOLHE REFUGIADOS EM PLENA DITADURA NO BRASIL

Dom Paulo Evaristo Arns: "O endereço da Cúria Metropolitana, na avenida Higienópolis, número 890, era um dos mais procurados da América Latina durante o regime militar. Lá chegavam os refugiados políticos, os familiares de desaparecidos, gente marcada pelo desespero e pela dor, sem ter a quem recorrer".

© Flávio Florido/Folhapress

Dom Eugênio Sales: "Liguei para o general Sylvio Frota, ministro do Exército, com quem convivi quando era comandante do I Exército, no Rio. Falei: 'Se você receber comunicação de que comunistas estão abrigados no Palácio São Joaquim, de que estou protegendo comunistas, saiba que é verdade, eu sou o responsável'. Ele não disse nada, ficou calado, nunca reclamou."

Fonte: Luiz Paulo Teles F. Barreto (Org.), *Refúgio no Brasil*, 2010.

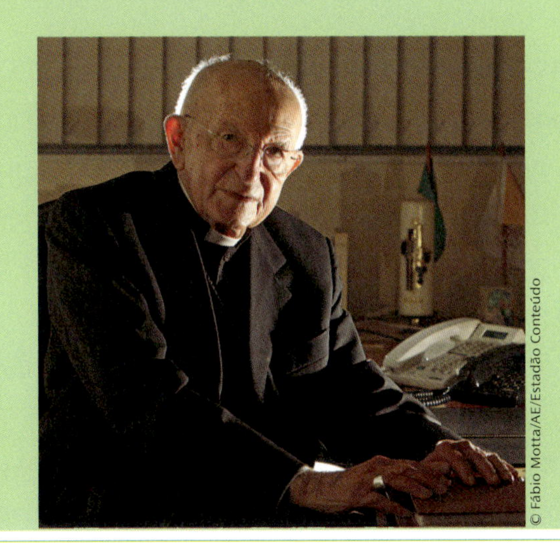

© Fábio Motta/AE/Estadão Conteúdo

O ACOLHIMENTO DE PESSOAS REFUGIADAS NO BRASIL

O Brasil assinou a Convenção de Genebra de 1951 sobre o Estatuto dos Refugiados, que entrou em vigor no país em 1961. Aderiu ao Protocolo de 1967, que reconhece refugiados além do período da Segunda Guerra Mundial, e somente mais tarde, em 1972 oriundos de qualquer lugar do mundo. Com a redemocratização do país, em 1985, o Brasil assinou diversos tratados e convenções de direitos humanos. Em 1988, aprovou uma nova Constituição Federal e nela incluiu, como um dos princípios básicos de suas relações internacionais, a concessão de asilo político.

Nos anos 1990, teve início uma ampla discussão pública para aprovar uma lei que regulamentasse o acolhimento de refugiados no Brasil. Mesmo sem ter qualquer lei nesse sentido, o Brasil começou a receber refugiados e fez um acordo com o Acnur para receber mais de mil refugiados de Angola, país africano de língua portuguesa que enfrentava uma guerra civil.

Com a mobilização da sociedade civil e de entidades religiosas que haviam tido papel importante no combate à ditadura e no apoio e proteção a perseguidos políticos, o Brasil aprovou uma lei para regularizar o acolhimento de refugiados: a Lei nº 9.474, de 1997, conhecida como Lei Brasileira do Refúgio, que tem tido papel central na construção do direito e da política para refugiados no país.

A partir dessa lei, foi criado um órgão administrativo do governo federal, o **Conselho Nacional para os Refugiados (Conare)**, que está vinculado ao Ministério da Justiça em Brasília, responsável por analisar as solicitações de refúgio e decidir quem são as pessoas reconhecidas como refugiadas.

O Conare é presidido pelo Secretário Nacional de Justiça (um alto-funcionário do Ministério da Justiça) e é composto por representantes de cinco ministérios (Educação, Justiça, Relações Exteriores, Saúde e Trabalho), um representante da Polícia Federal e um representante de entidades da sociedade civil (Cáritas). O Acnur tem um assento no Conare com direito a voz, mas sem direito a voto.

A Cáritas Brasileira é uma organização de promoção social e defesa dos direitos humanos vinculada à Igreja Católica. Ela é parte de uma rede de organizações semelhantes que forma a Caritas Internacional, que atua em ações humanitárias, em quase todo o mundo. Devido à firme atuação da Igreja em defesa dos direitos humanos durante a ditadura no Brasil, a Cáritas assumiu um papel importante no país e se tornou a representante da sociedade civil no Conare, desde a sua instalação.

Além desses membros previstos na lei, o Conare permite organizações credenciadas para atuar em suas sessões. Isso ocorre com entidades que têm um papel considerado relevante e podem colaborar com as decisões do Conselho. Atualmente, estão credenciados o Instituto Migrações e Direitos Humanos (IMDH) e a Defensoria Pública da União (DPU).

A lei brasileira sobre o refúgio é considerada uma “lei-modelo” pelo Acnur, o que quer dizer que se trata de uma lei muito boa que pode servir de exemplo para outros países, pois incluiu a definição ampliada de refugiado e reconhece direitos aos solicitantes de refúgio, permitindo, entre outras coisas, que permaneçam livres e possam trabalhar.

Contudo, passados mais de vinte anos de sua vigência, há também críticas a essa lei, com relação a seu caráter muito genérico (com várias lacunas, dando margem a interpretações contraditórias de quem a aplica), ao excessivo papel da Polícia Federal no processo de refúgio, à falta de mais representação da sociedade civil no Conare, à falta de melhor estrutura do Conare, à falta de previsão de políticas públicas para a integração local dos refugiados etc.

Uma das dificuldades para implementar a lei, que dificulta e atrasa os processos de reconhecimento de refúgio, é que o Conare tem pouquíssimos funcionários – menos de 20 e a maioria deles emprestada de outros órgãos federais – para cuidar de milhares de solicitações de refúgio feitas no Brasil.

Reunião do Conare (2013).

COMO É O PROCESSO PARA OBTER RECONHECIMENTO COMO REFUGIADO NO BRASIL?

O caminho a ser trilhado por uma pessoa para obter reconhecimento como refugiada no Brasil envolve alguns passos, previstos nas convenções internacionais e na lei brasileira. Primeiro é necessário cruzar a fronteira e entrar no território brasileiro. Isso pode ocorrer mesmo que a pessoa não tenha documentos ou passaporte. Ela pode entrar por via terrestre, marítima ou aérea.

Quando a entrada se dá por via terrestre, muitas vezes não há posto de controle migratório. Depois que a pessoa ingressa no território, ela poderá buscar um posto da Polícia Federal para entrar com seu pedido de refúgio. Em fronteiras marítimas e aéreas, via portos e aeroportos oficiais, sempre haverá controle migratório e a pessoa poderá fazer sua solicitação de refúgio no posto da Polícia Federal.

MIGRANTES QUE CHEGAM EM NAVIOS

Durante os anos 1990, era comum que navios mercantes vindos da África, principalmente do porto de Lagos, na Nigéria, trouxessem ao Brasil pessoas sem o conhecimento da tripulação. Elas vinham escondidas em locais insalubres, em cavidades da hélice do navio. Viajavam por mais de um mês nessas condições, sem comida e água potável, e chegavam vivas ao porto de Santos, mas em condições precárias de saúde. Muitas delas eram refugiadas, mas antes de solicitarem refúgio tinham de ser atendidas pela Agência Nacional de Vigilância Sanitária (Anvisa) e ficar sob observação, para se recuperarem de seu heroico percurso.

A solicitação de refúgio não pode ser negada pela Polícia Federal, mesmo que a pessoa tenha uma ordem de prisão internacional emitida no país de origem ou em outro país. Solicitar refúgio é um direito fundamental garantido pelo direito dos refugiados e pelas regras da ONU. Os agentes da Polícia Federal não podem decidir sozinhos se a pessoa tem ou não esse direito, nem podem devolver ou deportar a pessoa ao país de origem.

Venezuelanos aguardam na fila em frente à sede da Polícia Federal em Boa Vista (RR), à espera de refúgio no Brasil (2018).

PRINCÍPIO DA NÃO DEVOLUÇÃO

A devolução/deportação de uma pessoa que alega estar sendo perseguida em seu país é proibida pelo Direito Internacional, de acordo com o princípio da não devolução de refugiados, até que a solicitação de refúgio seja decidida pelo órgão competente do país.

Da mesma forma, se outro país requerer a extradição (pedido de devolução da pessoa feito pelo país de origem, por meio do Poder Judiciário), o Brasil não poderá atender esse pedido enquanto o Conare não decidir se a pessoa é ou não refugiada.

Para solicitar refúgio, a pessoa deve prestar informações para um agente da Polícia Federal, que irá preencher um "Termo de Declaração". Se a pessoa não fala português, deverá ser solicitado um intérprete (as línguas mais usadas são inglês, francês e espanhol). Nesse momento, caberá indicar os familiares que também poderão se beneficiar do refúgio. Assim, o pedido é feito em nome de uma pessoa, mas pode beneficiar cônjuge (mulher ou marido, companheira ou companheiro), filhos, filhas, pai, mãe e outras pessoas que dependam da pessoa refugiada.

Ao concluir esse procedimento inicial das declarações, o solicitante de refúgio recebe um documento chamado "Protocolo provisório". Esse protocolo de solicitação de refúgio serve como documento para a pessoa refugiada realizar os atos civis previstos na lei do refúgio. Com ele, o solicitante de refúgio obtém permissão de residência provisória (até a resposta definitiva do Conare) e poderá tirar carteira de trabalho e cadastrar-se na Receita Federal (obter um CPF). O Protocolo provisório deve ser renovado anualmente.

Existem situações que impedem uma pessoa de ser reconhecida como refugiada:

a) se ela recebe assistência de outra agência da ONU (por exemplo, a agência da ONU para refugiados palestinos);
b) se ela é nacional do país de acolhimento;
c) se ela praticou um crime contra a paz, um crime de guerra, um crime contra a humanidade, um crime grave (a lei brasileira de refúgio considera o tráfico de drogas crime grave) ou praticou atos contrários às Nações Unidas (incluídos aqui os atos terroristas).

Se houver provas de que o solicitante de refúgio praticou um desses atos ou crimes, deve ser aplicada a chamada "cláusula de exclusão", que impede a concessão de refúgio pelo país de acolhimento.

DEVER DE SIGILO

Tanto as normas internacionais quanto a lei brasileira asseguram total sigilo nos processos de refúgio. Uma das garantias da proteção internacional conferida aos refugiados é o direito ao anonimato – isso existe para proteger os refugiados de perseguição no país de acolhimento. Por isso, refugiados só podem ser fotografados ou filmados com sua expressa autorização.

Após a obtenção do "Protocolo provisório", o solicitante de refúgio será entrevistado por um agente do Conare. Essa entrevista deveria ser feita de maneira presencial, e em idioma de conhecimento do solicitante, contando com um tradutor. Esta fase é um dos grandes problemas do processo de refúgio no Brasil. O país é muito grande, o Conare tem poucos funcionários para realizar esse trabalho, e não há recursos para se deslocar até os refugiados e vice-versa. Tanto a Defensoria Pública da União quanto a Caritas também podem, em alguns casos, realizar essas entrevistas. Elas podem ser feitas a distância (via teleconferência ou telefone); porém, em muitos casos, são dispensadas, por serem inviáveis.

Com base na análise sobre possíveis cláusulas de exclusão, na entrevista (se foi realizada) e em relatórios sobre a situação do país de origem (COI), o Conare deve analisar a solicitação de refúgio e se manifestar. Essa manifestação deveria se dar em seis ou oito meses, mas na prática pode levar mais tempo, até mais de dois anos, devido ao acúmulo de solicitações e de processos em andamento.

RELATÓRIO SOBRE O PAÍS DE ORIGEM (COI)

O Relatório sobre o país de origem (*Country Origin Information* – COI, em inglês) é um estudo feito sobre o país de origem do solicitante de refúgio para identificar as reais condições daquele país e se estas sustentam as alegações de perseguição e de violações maciças de direitos humanos feitas por ele. Há casos notórios, como a Síria e a República Centro-Africana, em que esse relatório chega a ser desnecessário, pois existem condições "objetivas" para reconhecer o refúgio. Em outros casos, é importante verificar detalhes sobre as questões políticas, sociais, étnicas e religiosas que envolvem a alegada perseguição, no local e período em que ela ocorreu. As informações para o COI são obtidas de diferentes fontes, do próprio Acnur, de governos (relatórios do Departamento de Estado dos Estados Unidos), e de ONGs internacionais, como a Anistia Internacional, o *Human Rights Watch* e o *International Crisis Group*.

Embora não exista na lei, o Conare criou, em sua "prática brasileira", um Grupo de Estudos Prévios (GEP), que analisa previamente a situação do solicitante de refúgio e leva o tema já "mastigado" para a sua sessão plenária, para agilizar a análise por todos os seus membros.

Se a decisão for positiva, ou seja, se o solicitante tiver sua solicitação de refúgio aceita, ela será publicada no *Diário Oficial da União* e o refugiado receberá o direito de residência definitiva (enquanto perdurar seus *status* de refugiado). O próximo passo será obter o Registro Nacional de Estrangeiro (RNE), que é a identidade oficial do estrangeiro com residência no Brasil.

Se a decisão for negativa, o solicitante poderá recorrer ao Ministro da Justiça, que manterá a decisão do Conare (o que ocorre na grande maioria dos casos) ou reformará a decisão e concederá o refúgio. O reconhecimento da pessoa refugiada beneficia todos os seus familiares indicados na solicitação de refúgio.

O CAMINHO PARA O RECONHECIMENTO DA PESSOA REFUGIADA NO BRASIL

1. Migrante forçado cruza a fronteira e ingressa em território brasileiro.
2. Migrante forçado solicita refúgio à autoridade brasileira (Polícia Federal).
3. Polícia Federal entrega ao solicitante de refúgio o Protocolo de Solicitação de Refúgio (documento que confere residência provisória e diversos direitos, inclusive o de trabalhar).
4. Solicitante de refúgio pode obter carteira de trabalho.
5. Funcionários do Conare (ou de organizações da sociedade civil) realizam entrevista com o solicitante de refúgio, para conhecer melhor sua situação e colher informações para o processo que irá determinar se aquela pessoa pode ser reconhecida como refugiada ou não (a entrevista pode não ocorrer, até mesmo por falta de funcionários do Conare).

6. Após alguns meses, o Conare analisa e julga o caso (a análise leva em conta se não se aplica alguma cláusula de exclusão, verifica a situação da pessoa e do seu país de origem).
7. **Hipótese 1**: Conare reconhece a pessoa como refugiada.
   - Conare autoriza concessão de residência permanente para a pessoa refugiada.
   - Pessoa refugiada obtém carteira de identidade de estrangeiro (Registro Nacional de Estrangeiro – RNE).
8. **Hipótese 2**: Conare não reconhece a pessoa como refugiada.
   - Cabe recurso ao Ministro da Justiça, que mantém a decisão do Conare ou a reforma e concede o refúgio.

Se a pessoa que solicitou refúgio tiver seu pedido indeferido e não for reconhecida como refugiada, ela não será deportada automaticamente. Estará sujeita à lei brasileira de migrações, e poderá encontrar outra saída legal para permanecer no país.

O PAPEL DA SOCIEDADE CIVIL E DAS ONGS

A existência de um marco legal para os refugiados no Brasil não significa que tudo esteja bem encaminhado. No âmbito da proteção, o Brasil está bem desenvolvido em relação a outros países. Mas na esfera da integração local, há muitas carências; falta uma política nacional para os refugiados. Os governos estaduais e municipais têm poucos recursos para investir nessa área e dependem do apoio do Acnur, das ONGs e das universidades para implementar políticas e ações concretas.

A sociedade civil organizada, por meio das ONGs humanitárias e de direitos humanos, como a Missão Paz, tem um papel importante – em alguns casos, crucial – no apoio aos refugiados, desde o momento de sua chegada até a sua integração local. A Cáritas Arquidiocesana, com seus núcleos em São Paulo e no Rio de Janeiro, tem uma atuação de destaque, por sua história de defesa dos direitos humanos no país e seu papel no Conare. Centenas de solicitantes de refúgio e refugiados são atendidos pelas Cáritas ao longo do ano e alguns procedimentos que caberiam, em tese, ao governo brasileiro, são realizados por elas.

O QUE É A MISSÃO PAZ?

A Missão Paz é uma associação vinculada à Congregação dos Missionários de São Carlos – Scalabrinianos, em São Paulo, que desempenha um papel fundamental no apoio a migrantes em geral e refugiados, com destaque para os haitianos. A associação dispõe de uma Casa do Migrante, que acolhe migrantes em dificuldades.

Outras ONGs nascem, crescem e despontam como canais importantes de apoio aos refugiados, principalmente em São Paulo, onde boa parte deles está concentrada. Entre elas, vale citar o Instituto de Reintegração do Refugiado (Adus), e a Compassiva, uma ONG que atende crianças e refugiados, além de associações islâmicas em diferentes locais do Brasil.

Refugiados de diversas nacionalidades assistem à aula no Adus.

O PAPEL DAS UNIVERSIDADES

Na maioria dos países comprometidos com o acolhimento de refugiados, a universidade exerce algum papel, seja para ensinar Direito dos Refugiados, seja para atuar em defesa de refugiados perante os órgãos administrativos e/ou judiciais que determinam quem será reconhecido como tal no país, ou para apoiar refugiados em seu processo de integração local.

No Brasil, a atuação de universidades no tema dos refugiados é recente. Ela começa nos anos 2000, e o Acnur vem contribuindo para estimulá-la.

O PAPEL DAS UNIVERSIDADES NA PROMOÇÃO E DIVULGAÇÃO DO DIREITO INTERNACIONAL DOS REFUGIADOS

"– (...) Promover uma cultura de respeito, uma cultura de tolerância, uma cultura de solidariedade entre os estudantes nas salas de aula da universidade (...) porque ela se configura como um espaço que pode contribuir para a tarefa de oferecer proteção;

– (...) um espaço que possa oferecer serviços aos solicitantes de asilo e aos refugiados;

– Um espaço no qual os refugiados possam ser igualmente educados;

– (...) um espaço para a sensibilização da comunidade, da nação, sobre a importância de manter vigente um sentimento humanitário."

Fonte: Juan Carlos Murillo, in *Direito Internacional dos Refugiados* – Programa de Ensino. Acnur, 2011.

A Cátedra Sergio Vieira de Mello (CSVM)

Em 19 de agosto de 2003, um atentado terrorista matou Sergio Vieira de Mello e 21 funcionários da ONU em Bagdá. Sergio era o representante do Secretário Geral da ONU no Iraque e exercia a importante função de Alto-Comissário de Direitos Humanos da ONU. Para homenagear esse brasileiro que dedicou grande parte de sua vida ao tema dos refugiados, o Acnur criou a Cátedra Sergio Vieira de Mello para incentivar as universidades a ensinar o Direito Internacional dos Refugiados e a realizar ações em prol dos refugiados.

SERGIO, SALVADOR DO MUNDO

"(...) Sua mística de pacificador e construtor da paz correu o mundo, mas demorou a chegar ao Brasil, justamente seu país. O legado de Sergio Vieira de Mello, um brasileiro universal, começa a ser conhecido e reconhecido como um patrimônio a ser apropriado pelos brasileiros. O dia 19 de agosto, data fatídica daquele atentado, ocorrido em 2003, foi declarado o Dia Mundial da Ação Humanitária, em homenagem a Sergio Vieira e a outros 21 funcionários da ONU que morreram em plena missão humanitária. Esses homens e mulheres enfrentam situações adversas, vivem privações e conhecem mazelas individuais e coletivas que muitos não imaginam poder existir. Curtem suas peles em sóis abrasadores, em locais sem água potável, onde a dignidade é desconhecida e onde a esperança, para muitos, se esvaneceu na névoa da incerteza.(...) Esses agentes do *front* humanitário tiveram em Vieira de Mello o seu maior paradigma, que elevou essa atividade da ONU a um patamar quase olímpico. (...) O título do livro de Samantha

Sergio Vieira de Mello.

Power – (ex)embaixadora dos EUA na ONU – se refere a Sergio Vieira de Mello como 'o homem que queria salvar o mundo'. Talvez possa ser exagero, mas reflete algo incontestável: Sergio protagonizou algumas das principais e inovadoras ações da ONU em cenários de construção da paz e transformação pós-conflitos. (...) quando milhões de pessoas estão longe de seus lares e de seus países, na condição de migrantes forçados pela violência, refugiados e asilados, Vieira de Mello é uma figura inspiradora para os que trabalham para minimizar esse sofrimento humano. Para ele, não tinha tempo ruim. E o horizonte da vida – mais além dos obstáculos – parecia ser como o do mar azul de Copacabana, numa tarde de sol."

Fonte: Gilberto M. A. Rodrigues, "Sergio Vieira, Salvador do Mundo", *Papo de café*: Conversando sobre Relações Internacionais, 2016.

Em 2004 foram firmados os primeiros convênios da CSVM entre o Acnur e universidades brasileiras. Mas foi a partir de 2010 que as Cátedras ganharam um impulso maior, com o início dos Seminários Nacionais das Cátedras, eventos anuais que desde então passaram a reunir diversas universidades e entidades da sociedade civil para trocar experiências e boas práticas de atuação em prol dos refugiados.

Um dos aspectos importantes das Cátedras é que elas não são de interesse apenas dos Cursos de Direito e de Relações Internacionais, mas têm vocação interdisciplinar, envolvendo História, Geografia, Psicologia, Letras, Serviço Social, Medicina etc. A atuação das Cátedras se dá nos três âmbitos da universidade – ensino, pesquisa e extensão –, e inclui:

- ensino do Direito Internacional dos Refugiados (graduação e/ou pós-graduação);
- pesquisas sobre refugiados (alunos de graduação, pós-graduação e projetos de pesquisa de professores);
- oferta de cursos de português gratuitos para refugiados e migrantes forçados;
- oferta de vagas em cursos de graduação para refugiados;

- organização e realização de eventos abertos à comunidade sobre temáticas do refúgio;
- apoio jurídico a refugiados (escritórios-modelo de Faculdades de Direito);
- atendimento a refugiados (clínicas psicológicas/médicas de Cursos de Psicologia e Medicina).

CÁTEDRA SERGIO VIEIRA DE MELLO NO BRASIL (2017)

– Fundação Casa de Rui Barbosa – Rio de Janeiro
– Pontifícia Universidade Católica de São Paulo – PUC-SP
– Pontifícia Universidade Católica do Rio de Janeiro – PUC-Rio
– Universidade Católica de Santos – UniSantos
– Universidade do Vale do Rio dos Sinos – UniSinos
– Universidade Estadual da Paraíba – UEPB
– Universidade Estadual de Campinas – Unicamp
– Universidade Estadual do Rio de Janeiro – UERJ
– Universidade Federal da Grande Dourados – UFGD
– Universidade Federal de Roraima – UFRR
– Universidade Federal de Santa Catarina – UFSC
– Universidade Federal de Santa Maria – UFSM
– Universidade Federal de São Carlos – UFSCar
– Universidade Federal de São Paulo – Unifesp
– Universidade Federal do ABC – UFABC
– Universidade Federal do Espírito Santo – Ufes
– Universidade Federal do Paraná – UFPR
– Universidade Federal do Rio Grande do Sul – UFRGS
– Universidade Federal Fluminense – UFF
– Universidade Nacional de Brasília – UnB
– Universidade Vila Velha – UVV

Essa atuação das universidades brasileiras por meio das Cátedras Sergio Vieira de Mello tem se desenvolvido de maneira notável e sua contribuição, sobretudo para as soluções duráveis e a integração dos refugiados, já é considerada pelo Acnur uma boa prática.

A Universidade Federal do ABC (UFABC), por exemplo, é uma das universidades que possui a Cátedra. Ela oferece vagas para refugiados em cursos de graduação e cursos de português para refugiados.

AS PARCERIAS COM O SISTEMA "S" – SESC, SESI E SENAI

Um dos aspectos essenciais da integração local é o apoio para refugiados obterem trabalho na iniciativa privada ou atuarem como empreendedores, abrindo seu próprio negócio. Para apoiar a capacitação em trabalhos técnicos e o empreendedorismo de pessoas refugiadas, o Acnur mantém parcerias com três entidades importantes e conhecidas no Brasil: Serviço Social do Comércio (Sesc); Serviço Social da Indústria (Sesi) e o Serviço Nacional de Aprendizagem Industrial (Senai).

O APOIO DO SETOR PRIVADO

Uma parte do setor privado brasileiro (as empresas) vem se sensibilizando e entendendo os benefícios de contratar migrantes forçados. Já houve muitas contratações no setor de construção civil, no de comércio e serviços, e também na indústria. Um dos exemplos bem-sucedidos foi a contratação de refugiados islâmicos no setor de exportação de aves, uma vez que o corte das aves deve atender às normas islâmicas para que elas possam ser comercializadas nos países do Oriente Médio.

CIDADANIA, REDES E ASSOCIAÇÕES DE REFUGIADOS

Uma questão essencial para a integração local de refugiados, em qualquer país de destino, é o reconhecimento de sua autonomia como cidadãos plenos, como estrangeiros; é poderem criar redes e se associarem no país de acolhimento. Passa, inclusive, pela possibilidade de votar e de candidatar-se a funções públicas – algo incomum na maioria dos países. As redes de refugiados de um mesmo país têm sido importantes para apoiar a chegada de novos refugiados e é comum que tais redes e associações (como as de sírios, congoleses, senegaleses e outros) facilitem alojamento e até mesmo a obtenção de emprego para quem chega.

6. Refugiados no Brasil – De onde vêm? Quantos são?

O BRASIL NÃO TEM CAMPOS DE REFUGIADOS. Aliás, não há campos de refugiados em nenhum país da América Latina e do Caribe, até o momento. Uma característica importante da região latino-americana em relação ao acolhimento de pessoas refugiadas é que elas são incluídas diretamente nas cidades. As famosas imagens de campos de refugiados, portanto, não compõem a paisagem dessa região, nem do Brasil.

Como já foi dito, antes mesmo de ter uma lei para regulamentar o acolhimento de pessoas refugiadas, o Brasil começou a receber refugiados vindos de Angola, da ex-Iugoslávia e de países africanos.

O acolhimento de refugiados no Brasil revela uma enorme diversidade de origem das pessoas refugiadas. Apesar de haver recebido poucos refugiados em duas décadas – a partir da vigência da Lei nº 9.474, de 1997 –, essas pessoas provêm de cerca de 90 países diferentes.

Até 2016, nunca houve um fluxo grande de refugiados para o Brasil, devido a dois fatores principais:

- inexistência de situações que gerassem fluxo maciço de migrantes forçados ao Brasil a partir de países vizinhos;
- baixa demanda de refugiados de outros continentes para o Brasil, sobretudo pela distância, em relação a outros países, particularmente os desenvolvidos.

Oficialmente, o Brasil tem cerca de 10 mil refugiados reconhecidos pelo Conare, segundo dados de 2017.

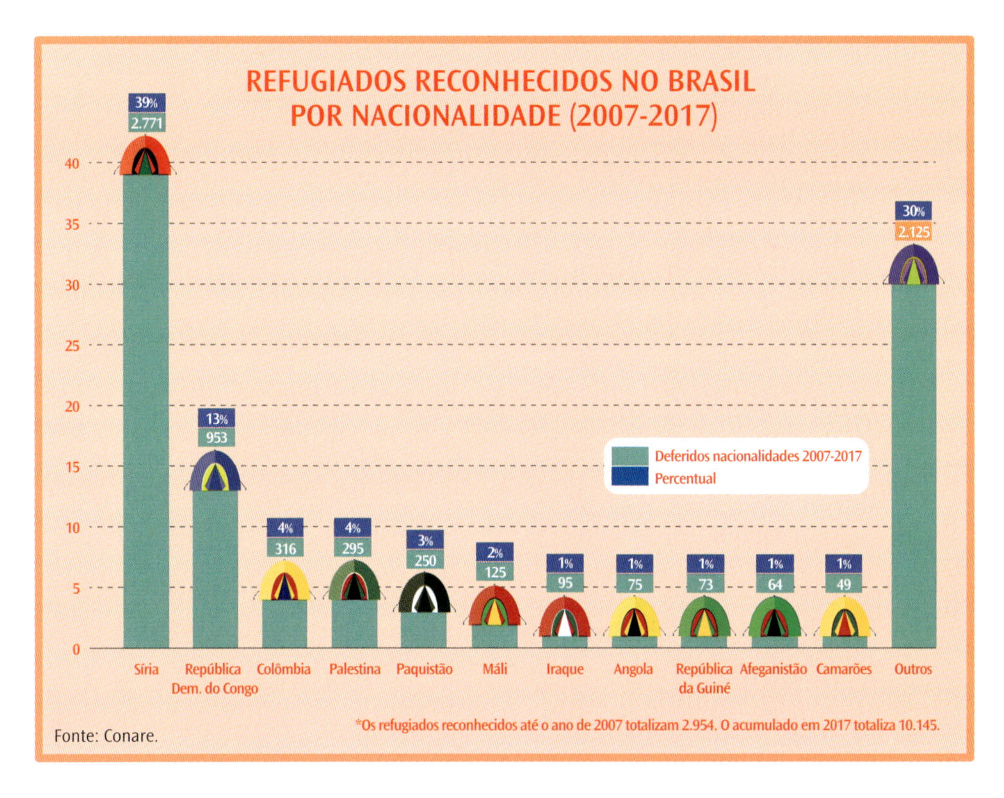
REFUGIADOS RECONHECIDOS NO BRASIL POR NACIONALIDADE (2007-2017)
40
35
30
25
20
15
10
5
0
39% 2.771
13% 953
4% 316
4% 295
3% 250
2% 125
1% 95
1% 75
1% 73
1% 64
1% 49
30% 2.125
Deferidos nacionalidades 2007-2017
Percentual
Síria
República Dem. do Congo
Colômbia
Palestina
Paquistão
Máli
Iraque
Angola
República da Guiné
Afeganistão
Camarões
Outros
*Os refugiados reconhecidos até o ano de 2007 totalizam 2.954. O acumulado em 2017 totaliza 10.145.
Fonte: Conare.

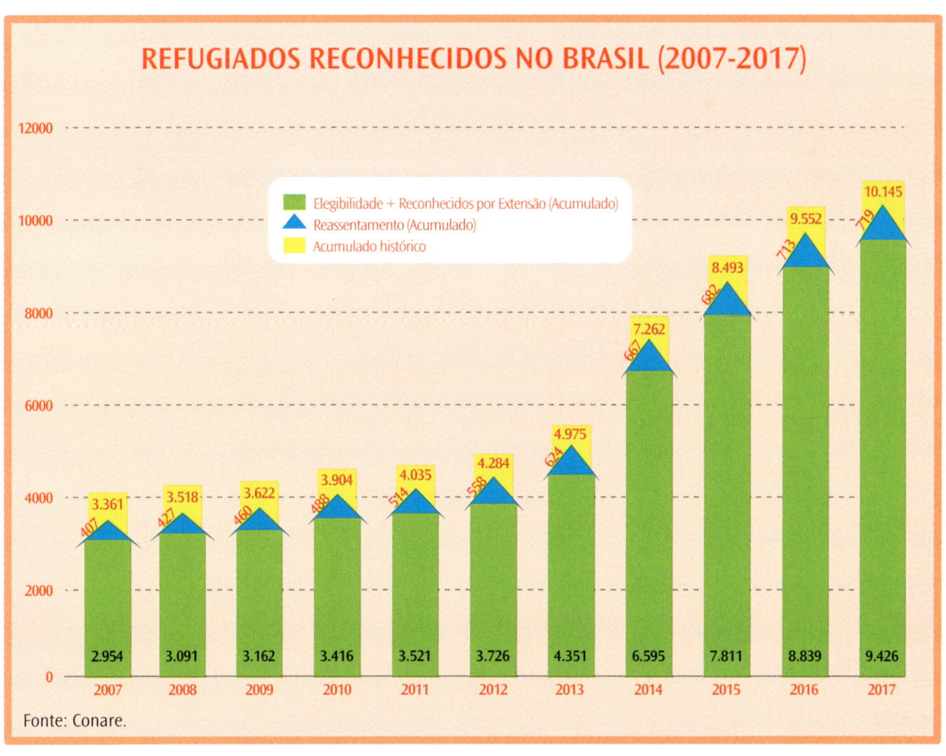
REFUGIADOS RECONHECIDOS NO BRASIL (2007-2017)
12000
10000
8000
6000
4000
2000
0
Elegibilidade + Reconhecidos por Extensão (Acumulado)
Reassentamento (Acumulado)
Acumulado histórico
3.361
407
2.954
2007
3.518
427
3.091
2008
3.622
460
3.162
2009
3.904
488
3.416
2010
4.035
514
3.521
2011
4.284
558
3.726
2012
4.975
624
4.351
2013
7.262
667
6.595
2014
8.493
682
7.811
2015
9.552
713
8.839
2016
10.145
719
9.426
2017
Fonte: Conare.

Esses números oficiais não incluem o número de solicitantes de refúgio que ainda não obtiveram resposta do Conare. Também não estão neles incluídas as pessoas refugiadas que atravessaram a fronteira e não solicitaram refúgio.

Alguns casos de fluxos de migrantes forçados que se dirigiram ao Brasil após a aprovação da Lei nº 9.474, de 1997 merecem ser detalhados aqui, exatamente por terem gerado um número maior de solicitações e/ou reconhecimento de pessoas refugiadas no país. Esses são os casos de colombianos, haitianos, sírios e venezuelanos.

Colombianos – O conflito armado da Colômbia, que dura mais de cinco décadas, gerou milhões de refugiados, que vieram também para o Brasil. Porém, como a fronteira entre Brasil e Colômbia é pouco habitada na Amazônia, apenas uma conexão terrestre (Tabatinga, do lado brasileiro, e Letícia, do lado colombiano), não houve uma entrada maciça de colombianos pela fronteira terrestre como houve no Equador e na Venezuela. Mesmo assim, a migração forçada de colombianos foi e ainda continua sendo uma das mais importantes. Além dos refugiados reconhecidos, há muitos que cruzam a fronteira e não solicitam refúgio.

Haitianos – A chegada de haitianos ao Brasil, depois do terrível terremoto que assolou o Haiti em janeiro de 2010, gerou polêmica no país, pela grande quantidade de pessoas que vieram e pelo desfecho dado pelo Conare e outras autoridades brasileiras em relação ao seu *status* migratório. Ao chegarem aqui, os haitianos solicitaram refúgio. Em 2012, o Conare decidiu que haitianos não poderiam ser reconhecidos como refugiados, pois considerava que eles não sofriam perseguição, e que sua fuga tinha razões humanitárias relacionadas às dificuldades de sobrevivência naquele país após o terremoto.

No entanto, em vez de encerrar o assunto, o Conare remeteu o caso dos haitianos para o Conselho Nacional de Imigração (CNIg), um órgão do Ministério do Trabalho que analisa pedidos de visto de trabalho. O CNIg decidiu conceder vistos humanitários a essas pessoas, permitindo sua residência provisória no país. Cerca de 60 mil haitianos vieram para o Brasil, dos quais cerca 40 mil obtiveram residência permanente.

Fluxo migratório dos haitianos.

PROCESSO IMIGRATÓRIO DE HAITIANOS NO BRASIL

"(...) os brasileiros que pensam que os haitianos são ignorantes, no sentido de os discriminar, precisam procurar informação sobre eles, e tentar lhes dar oportunidade de mostrar suas capacidades. Por isso estamos lutando. Esta luta da qual estou falando não é fazer violência, é um diálogo para expressar nossas necessidades e conseguir melhorar nossa condição de vida aqui."

Fonte: Renel Simon, in Redin & Minchola, *Imigrantes no Brasil*, 2015.

Sírios – A histórica migração de sírios no Brasil facilitou a posição assertiva do Brasil para receber refugiados daquele país, a partir de 2011, quando a guerra se agravou. A comunidade síria, em distintas partes do nosso país, destaca-se por seu importante papel na recepção e no apoio aos compatriotas que chegam. Em 2013, o Conare aprovou uma resolução que permite conceder vistos humanitários a sírios antes de sua chegada ao Brasil, o que vem facilitando a sua vinda, principalmente do Líbano.

Venezuelanos – A crise da Venezuela, que abarca disputas políticas violentas entre o governo e grupos oposicionistas, e sérias dificuldades econômicas, devido à queda no preço do petróleo, principalmente produto de exportação venezuelano, tem se agravado nos últimos anos, o que desencadeou fluxos mistos de migrantes voluntários e forçados na fronteira da Venezuela com o Brasil, pelo Estado de Roraima. Estima-se que mais de 60 mil venezuelanos tenham cruzado a fronteira com o Brasil entre 2017 e 2018, e muitos deles são solicitantes de refúgio. Diante da situação de crise humanitária, o governo brasileiro montou uma operação sem precedentes para receber os venezuelanos em Roraima ("Operação Acolhida"), com alojamentos, hospitais e outros serviços. Aprovou a residência para venezuelanos, mas a maioria solicita refúgio por ser mais rápido e barato. Além disso, a situação de violação generalizada de direitos humanos (falta de alimentos e de medicamentos) justifica a concessão de refúgio, de acordo com a Declaração de Cartagena.

Venezuelanos cruzando a fronteira do Brasil em Roraima.

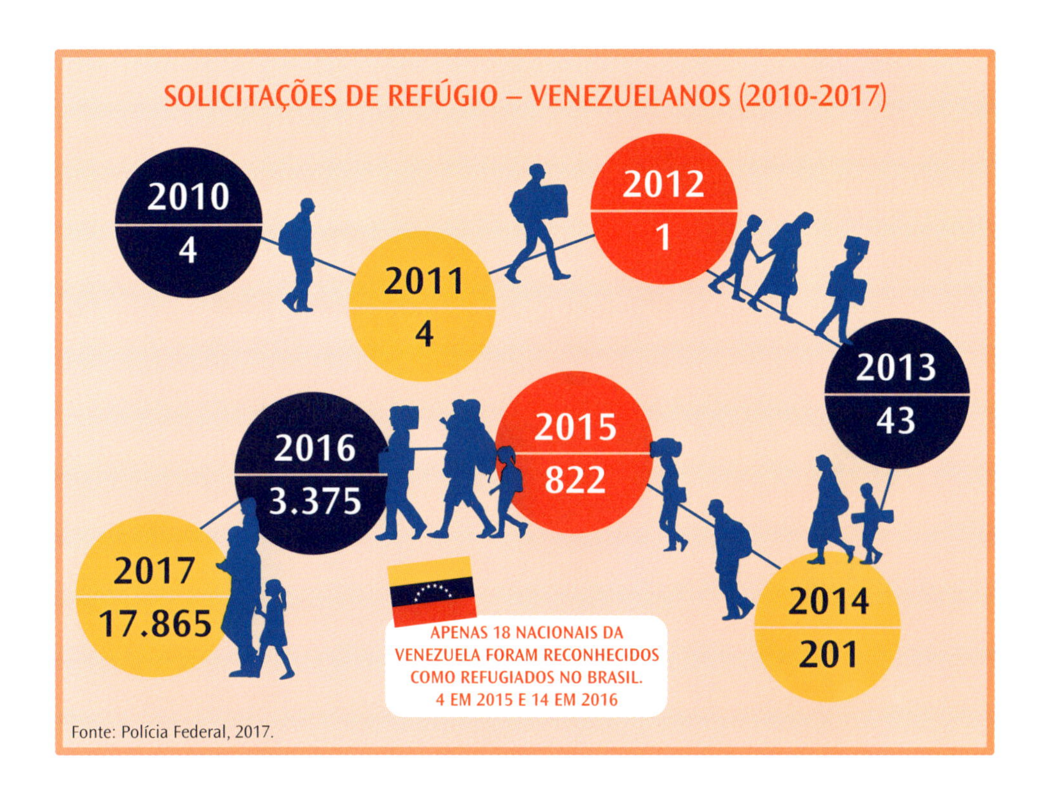

Fonte: Polícia Federal, 2017.

O IMPACTO DO AUMENTO DE MIGRANTES NA VIDA BRASILEIRA

É difícil saber ao certo o impacto da chegada de migrantes forçados na vida do país. A imprensa muitas vezes trata os migrantes em geral como um ônus (peso) para o Brasil, porque eles utilizam serviços públicos de saúde e educação, entre outros, ou como uma ameaça, porque eles, supostamente, disputam vagas de trabalho com os brasileiros ou porque podem trazer doenças contagiosas. A esse tratamento discriminatório que se dá aos estrangeiros chamamos *xenofobia*, palavra que significa "aversão a estrangeiros".

Na verdade, em sua grande maioria, os migrantes e refugiados não são nem peso nem ameaça. Eles ajudam o país com sua mão de obra, com sua riqueza cultural, além de fortalecerem os laços da sociedade brasileira com outras nações, aumentando a internacionalização do país, o que é algo muito positivo.

Além disso, o número de refugiados reconhecidos no Brasil é baixo. Segundo a Polícia Federal, dos cerca de 10 mil refugiados reconhecidos pelo Conare, somente metade estaria residindo no Brasil (muitos foram para outros países ou retornaram a seus países de origem).

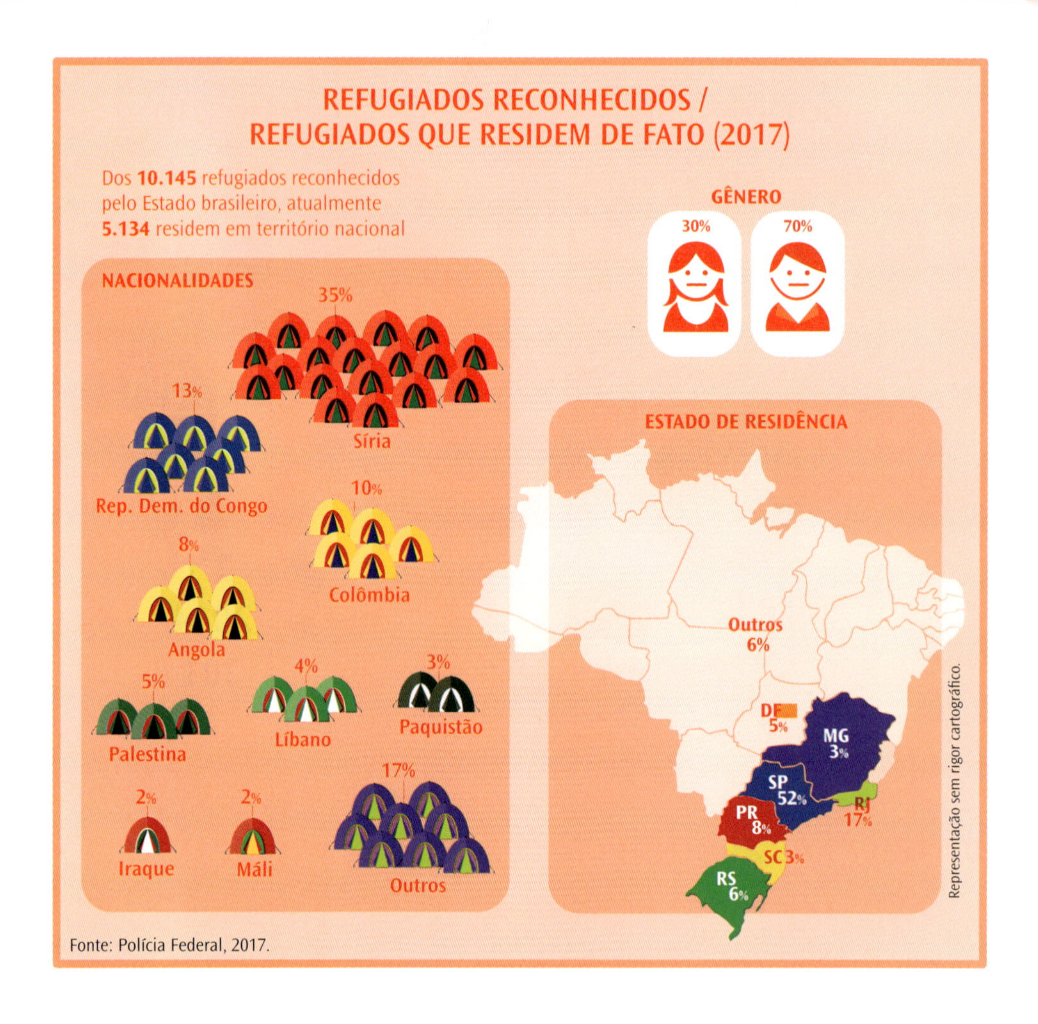

Fonte: Polícia Federal, 2017.

Para citar um exemplo de impacto, a partir de números gerais (sem detalhar os refugiados, mas incluindo-os), o aumento expressivo de crianças e adolescentes migrantes e refugiados matriculados em escolas brasileiras alterou o cotidiano escolar, sobretudo nas escolas públicas, permitindo que os alunos brasileiros se relacionem com os de outros países e ampliando a diversidade cultural e religiosa no âmbito escolar. Essa diversidade é muito importante, pois estimula o conhecimento e a curiosidade sobre outras realidades além da nossa e o respeito para com outras culturas, línguas e credos.

O quadro a seguir mostra que o número de crianças/adolescentes migrantes matriculados em instituições de ensino públicas e privadas duplicou no período de oito anos, mais exatamente entre 2008 e 2016. A rede pública absorve quase dois terços dessas matrículas.

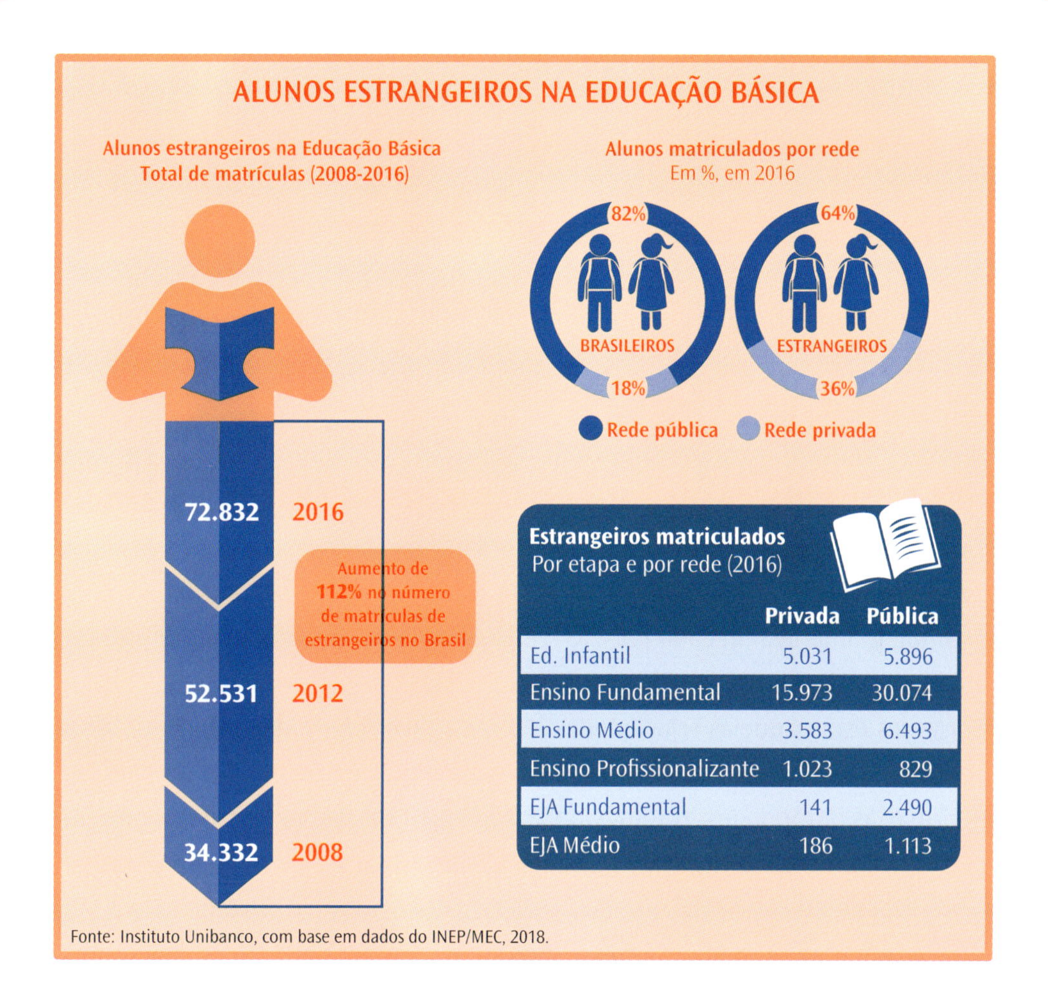

Estrangeiros matriculados
Por etapa e por rede (2016)

	Privada	Pública
Ed. Infantil	5.031	5.896
Ensino Fundamental	15.973	30.074
Ensino Médio	3.583	6.493
Ensino Profissionalizante	1.023	829
EJA Fundamental	141	2.490
EJA Médio	186	1.113

Fonte: Instituto Unibanco, com base em dados do INEP/MEC, 2018.

O Brasil tem um papel muito importante diante desse grande desafio humanitário. Recebemos mais migrantes e refugiados nos últimos anos, mas ainda é muito pouco, se comparamos com outros países que têm situação econômica menos benéfica que a nossa, território menor e mais população em termos relativos.

Nosso país precisa se preparar mais e melhor para receber os migrantes e refugiados que continuarão chegando. Temos boas leis e assumimos compromissos com a ONU e com outros países, mas o governo ainda não investe o mínimo necessário para ter uma política de acolhimento efetiva, tanto para proteger quanto para integrar os refugiados.

7. Quando a pessoa deixa de ser refugiada?

UMA PESSOA REFUGIADA PODE DEIXAR DE SER REFUGIADA. Isso está previsto na Convenção de Genebra de 1951 e nas demais legislações internacionais, bem como nas leis nacionais.

Internamente, em cada país, as leis estabelecem obrigações aos refugiados, equiparadas às obrigações de outros estrangeiros. Entre as obrigações mais importantes estão aquelas relacionadas à prática de crimes e à exigência de autorização para deixar o país. Ao praticar um crime ou viajar para fora do país sem informar às autoridades, o refugiado estará sujeito a perder seu *status* de refugiado dentro do país. Mas cada país regula essas situações de maneira distinta.

Do ponto de vista internacional, um refugiado deixa de ser refugiado quando a ameaça de perseguição no seu país de origem deixa de existir, ou quando a ameaça de violação maciça de direitos humanos (definição ampliada) no seu país de origem deixa de existir. Tecnicamente, chama-se "cláusula de cessação" o reconhecimento, por parte do Acnur, de que as condições objetivas (ou seja, reais) de ameaça cessaram, estão extintas.

Mas a cessação da ameaça não é suficiente para fazer a pessoa refugiada retornar ao seu país de origem. O retorno, também chamado de repatriação voluntária (retorno à pátria, ao país de origem), a primeira das soluções duráveis, também depende da vontade do refugiado.

Apesar da saudade que a pessoa refugiada sente de sua terra, em muitos casos, devido à destruição causada por conflitos armados e guerras, e por violência generalizada, o local de origem perdeu a identidade que tinha para ela. Sua casa foi destruída. Seu bairro não existe mais. Sua escola não esta mais lá. E, o que é mais difícil de aceitar: muitos de seus familiares e amigos foram mortos ou estão desaparecidos...

EXEMPLOS DE “CLÁUSULA DE CESSAÇÃO”

- Quando termina a guerra e há um acordo de paz gerando condições de segurança para o retorno da pessoa ao seu país de origem.
- Quando um regime político autoritário no país de origem dá lugar a um governo democrático, com garantias de liberdade e igualdade para todos.
- Quando a perseguição que motivava a ameaça está proibida e é verdadeiramente combatida e punida com os rigores da lei e da justiça (exemplo: a perseguição a homossexuais).

Depois de anos vivendo fora de seu país de origem, e tendo se adaptado e, muitas vezes, constituído família em outro país, a pessoa refugiada pode não ter mais vontade e interesse em retornar. É um sentimento ambíguo. Há uma inevitável dor nessa sensação.

A repatriação voluntária, portanto, requer uma dupla condição: a cessação da ameaça no país de origem e o desejo do refugiado de retornar. O Acnur e os países de acolhimento devem respeitar essa decisão. Esse respeito é garantido pelo Direito Internacional dos Refugiados.

MI TIERRA

Mi tierra, que linda y bella
La quiero tanto
Cuando regresaré a mi tierra
Siento un dolo en el pecho
Y el corazón se acelera
Yo no lo puedo calmar
Cuando yo pienso en mi tierra

Antara, “Mi tierra”, em *Livre cantar* – Coletânea de músicos refugiados no Brasil, Acnur, 2008 [CD].

8. O grande desafio humanitário

DESDE SEU INÍCIO EM 2011, A GUERRA DA SÍRIA EXPULSOU do país mais de seis milhões de pessoas. Atualmente, este é o maior desafio humanitário da comunidade internacional. Mas os problemas e desafios humanitários existem em outros países, por outras razões e em todos os continentes.

!

O genocídio de tutsis em Ruanda, em 1994, é retratado no filme *Hotel Ruanda* (direção de Terry George, 2004), no qual o protagonista da história, Paul Rusesabagina, converte-se em herói ao acolher perseguidos dentro do hotel que gerenciava.

Cena do filme *Hotel Ruanda*.

No continente africano, por exemplo, as principais crises são na África Ocidental (Máli e Nigéria), na África Oriental e Chifre da África (Somália, Sudão, Sudão do Sul) e na África Central e na região dos Grandes Lagos (Burundi, República Centro-Africana, República Democrática do Congo, República do Congo).

No Oriente Médio (além de Síria, Iraque, Iêmen e outros) e na Ásia (além de Afeganistão, Myanmar, Paquistão e outros) existem persistentes e novas crises humanitárias.

Na América Latina, a principal situação de conflito armado continua sendo a da Colômbia. O cenário melhorou com o Acordo de Paz entre o governo colombiano e as Forças Armadas Revolucionárias da Colômbia (Farc) em 2016, mas outras guerrilhas e grupos paramilitares continuam em atividade. A Venezuela entrou no mapa da crise de refugiados a partir de 2016, quando teve início um fluxo migratório de venezuelanos para a Colômbia e para o Brasil.

Ainda na América Latina, a crise no chamado Triângulo Norte, na América Central, incluindo El Salvador, Honduras e Guatemala, com o problema das gangues (*marras*) é grave e gera grande preocupação. No México, o crime organizado e o narcotráfico geram deslocados internos e refugiados, sobretudo para os Estados Unidos.

O presidente colombiano Juan Manuel Santos (à esquerda) e o chefe das FARCs, Timoleon Jimenez, na assinatura do acordo de paz em 2016.

Esse cenário global e os cenários regionais vêm criando muita preocupação no âmbito diplomático das Nações Unidas, de países que acolhem refugiados e de ONGs humanitárias. Muitos dos conflitos armados e/ou violentos nesses países não têm perspectiva de término ou de solução a curto prazo.

Como agravante ao aumento de refugiados, a crise econômica global de 2008 e seus desdobramentos impactaram sobremaneira a capacidade e a disposição dos países em realizar doações – uma das principais fontes de recursos financeiros do orçamento do Acnur para ações humanitárias. Ou seja, no momento em que mais necessita de recursos para realizar o trabalho humanitário, o Acnur e as organizações humanitárias dispõem de menos apoio para suas tarefas essenciais.

Para piorar ainda mais esse cenário, a chegada ao poder de partidos conservadores e ultraconservadores na Europa e nos Estados Unidos, no ápice da crise humanitária, vem criando obstáculos crescentes para o acolhimento de refugiados em países desenvolvidos, sob a dupla motivação, equivocada e falaciosa: frear a ameaça do "terrorismo", supostamente encarnada nos refugiados, e garantir emprego aos nacionais desses países.

Na Europa, a migração tornou-se um dos principais temas de campanha eleitoral. Muitos candidatos que pregam o fechamento das fronteiras europeias para migrantes (voluntários ou forçados) têm tido êxito nas eleições e vêm pressionando os atuais governos a restringir severamente o ingresso de novos imigrantes. Hungria e Polônia tornaram-se casos emblemáticos de países que se recusam a receber refugiados, contrariando as normas internacionais e da União Europeia. Um dos únicos países que mantêm o compromisso de receber refugiados – a Alemanha – viu um partido de discurso neonazista chegar ao Parlamento em 2017, o que não acontecia desde a Segunda Guerra Mundial.

Uma das questões que têm gerado grandes debates políticos e legais é o tema da ajuda humanitária a refugiados e migrantes dentro dos países. A Hungria, por exemplo, aprovou uma lei que considera crime ajudar refugiados e migrantes em situação irregular, dificultando o trabalho de ONGs e da sociedade civil de acolher esses migrantes. Essa lei fere os direitos humanos e contraria as normas da União Europeia.

© Marco Di Lauro/Getty Images

Refugiados interceptados pela polícia italiana no Mar Mediterrâneo.

Por outro lado, o Conselho Constitucional Francês, numa decisão de julho de 2018, tomou uma posição importante nesse assunto: invocando o Princípio da Fraternidade, determinou que o governo francês deve mudar todas as leis que criminalizam ou aplicam multas a pessoas e organizações que ajudam migrantes e refugiados, mesmo que estejam irregulares, dentro do território do país.

Nos Estados Unidos, o Presidente Donald Trump elegeu-se com um discurso antimigratório e desde que assumiu o poder, em 2017, vem tentando sistematicamente barrar a entrada de migrantes voluntários e forçados de um grupo de países do Oriente Médio, Ásia e norte da África, além de restringir a entrada de imigrantes em geral e diminuir a concessão de vistos. A construção de um muro em toda a extensão da fronteira entre os Estados Unidos e o México foi outra de suas promessas de campanha. Trump já sofreu diversas derrotas em suas tentativas, ora no Congresso, ora no Poder Judiciário, que não aceitam suas políticas, vistas como muito restritivas e discriminatórias. Mesmo assim, aos poucos, a Suprema Corte dos Estados Unidos vai cedendo a algumas restrições.

A decisão de Trump de permitir expulsar imigrantes, separando pais e mães de seus filhos e filhas, gerou um grave problema humanitário nos Estados Unidos.

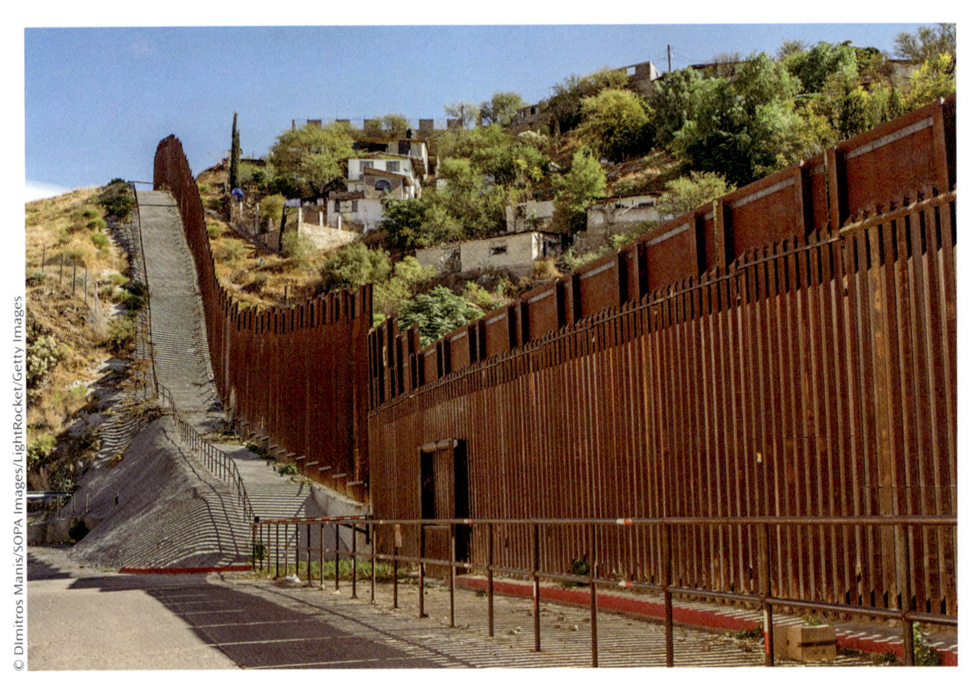
© Dimitros Manis/SOPA Images/LightRocket/Getty Images

Muro existente na fronteira dos Estados Unidos (Arizona) com o México.

A situação geral, com todas essas dificuldades e agravantes, transforma a questão dos refugiados no grande desafio humanitário de nossa era. E diante das resistências, dos retrocessos e das ambiguidades dos países desenvolvidos, não há dúvida sobre o papel relevante e central dos países em desenvolvimento, que são os que mais acolhem refugiados.

Entre esses países em desenvolvimento, que não estão próximos dos maiores conflitos, o Brasil ganha destaque não pela quantidade de refugiados reconhecidos – apenas 10 mil, um número ínfimo, irrelevante perto de outros países que acolhem milhares e milhões –, mas por sua capacidade de acolher mais imigrantes, por sua legislação benéfica e sua tradição de hospitalidade e acolhimento.

Todavia, o Brasil não está alheio à onda conservadora, xenófoba e discriminadora que cresce em outras partes do mundo. Grupos radicais de direita, apoiados e estimulados por alguns políticos ultraconservadores, sobretudo por meio das redes sociais, vêm crescendo no país. Após a crise política e econômica de 2016, que estimulou a intolerância e exacerbou a irracionalidade coletiva, esses grupos com perfil fascista se beneficiam – infelizmente – das grandes mídias propensas a estigmatizar os migrantes como potencial ameaça à saúde pública e ônus financeiro para a sociedade.

Como resultado disso, percebe-se o aumento da hostilidade a imigrantes no Brasil, algo que não se via ou se via muito pouco no país. Migrantes negros e pobres são as principais vítimas, pois ficam mais sujeitos à discriminação racial e à violência da polícia, problemas enfrentados pelos próprios brasileiros nas mesmas condições étnico-raciais e socioeconômicas.

Sabe-se, por exemplo, que muitos haitianos estão deixando o Brasil em direção a outros países por falta de perspectiva de vida e de trabalho, mas também por sofrerem discriminação e violência, que se agravaram nos últimos anos.

É nesse cenário adverso, tanto no mundo como no Brasil, que a consciência sobre quem são os refugiados e migrantes forçados e a importância de garantir sua proteção e integração local devem ganhar destaque político e social.

Não foi por acaso que o ex-Alto-Comissário das Nações Unidas para Refugiados (2005-2015), o português António Guterres, foi escolhido pelos Estados membros da ONU, entre diversos candidatos e candidatas, para exercer o cargo de Secretário-Geral das Nações Unidas a partir de janeiro de 2016. Está claro que os Estados membros da ONU sabem o grande desafio humanitário que se apresenta para o mundo.

António Guterres, Secretário-Geral da ONU.

Com efeito, esse grande desafio humanitário exige, com urgência, o fim das guerras, da violência armada e das perseguições; demanda mais recursos emergenciais dos países desenvolvidos e mais abertura de suas fronteiras para acolher refugiados. Mas pede também – e isso não é menos importante – que os países recebam os refugiados com solidariedade e hospitalidade, sem medo e sem preconceito, nas salas de aula, nos postos de saúde, no ambiente de trabalho, nas ruas, nos mercados, nas universidades...

A temática migratória, tanto a voluntária quanto a forçada, alcançou seu ápice diplomático em 2018. Nesse ano, foram aprovados, pela Assembleia Geral da ONU, o Pacto Global para as Migrações e o Pacto Global para os Refugiados. São documentos que estabelecem diretrizes baseadas nas normas internacionais existentes de respeito aos direitos das pessoas migrantes e refugiadas, e que "clamam" aos Estados para assumir mais compromissos de acolhimento, proteção e, principalmente, para compartilhar responsabilidades nesse tema.

Ao celebrar o dia mundial do refugiado (todo dia 20 de junho), o Alto Comissário da ONU para Refugiados, Philippo Grandi, afirmou: "Agora, mais do que nunca, cuidar dos refugiados precisa ser uma responsabilidade global e compartilhada". (Acnur, Genebra, 2018).

"Nunca vimos tantos refugiados. É o maior número desde a Segunda Guerra Mundial. Essa situação tem gerado distintas reações por parte dos Estados, inclusive do Estado brasileiro, que oscilam entre a afirmação e a negação do direito de asilo, demonstrando diferentes perspectivas possíveis sobre a prática de hospitalidade e de reconhecimento".

Fonte: Gabriel Godoy, in Gediel & Godoy, *Refúgio e hospitalidade*, 2016.

É crucial que o Brasil não apenas continue recebendo refugiados, mas se abra ainda mais ao acolhimento e não restrinja o seu reconhecimento, pois não há razões morais, jurídicas ou mesmo econômicas aceitáveis para isso, principalmente num momento em que o mundo necessita com urgência da solidariedade e da hospitalidade brasileiras.

A partir desse exercício consciente, esclarecido, lúcido, assertivo, solidário e amoroso em nosso cotidiano, contribuiremos para enfrentar o grande desafio humanitário: a proteção e a integração local das pessoas refugiadas.

Referências

ACNUR. "Declaração de Cartagena de 1984". *Coletânea de Instrumentos de Proteção Nacional e Internacional de Proteção a Refugiados e Apátridas*. Brasília, DF: Acnur/IMDH, 2016. Disponível em: <http://www.acnur.org/portugues/wp-content/uploads/2018/02/Colet%C3%A2nea-de-Instrumentos-de-Prote%C3%A7%C3%A3o-Nacional-e-Internacional.pdf>.

ACNUR. *Direito Internacional dos Refugiados*. Programa de Ensino. Brasília, DF: Acnur, 2010. Disponível em: <www.acnur.org/fileadmin/scripts/doc.php?file=fileadmin/Documentos/portugues/Publicacoes/2011/Direito_Internacional_dos_Refugiados_-_Programa_de_ensino>.

ACNUR. *Livre cantar.* Músicos refugiados no Brasil. [CD]. 2008.

ACNUR/UNHCR. *Global Trends*. Forced Displacement in 2017, Genebra, 2018. Disponível em: <www.unhcr.org/statistics/unhcrstats/5b27be547/unhcr-global-trends-2017.html>.

ACNUR/UNHCR. *The Global Report* – 2016 (Relatório Global), 2016. Disponível em: <www.unhcr.org/the-global-report.html>.

AGÊNCIA BRASIL. Refugiados do Congo fazem ato em Copacabana para pedir paz em seu país. *EBC*, Rio de Janeiro, 21 nov. 2016. Disponível em: <http://agenciabrasil.ebc.com.br/direitos-humanos/noticia/2016-11/refugiados-do-congo-fazem-ato-em-copacabana-para-pedir-paz-no-pais>.

ALMEIDA, Guilherme A. de; RAMOS, André de C.; RODRIGUES, Gilberto (Orgs.). *60 anos de Acnur.* Perspectivas de futuro. São Paulo: CLA, 2011. Disponível em: <www.acnur.org/fileadmin/scripts/doc.php?file=fileadmin/Documentos/portugues/Publicacoes/2011/60_anos_de_ACNUR_-_Perspectivas_de_futuro>.

BARRETO, Luiz Paulo Teles F. (Org.). *Refúgio no Brasil.* A proteção brasileira aos refugiados e seu impacto nas Américas. Brasília, DF: Ministério da Justiça/Acnur, 2010. Disponível em: <https://tinyurl.com/yb39lrdd>.

BELLO, Juliana. *El Mercosur y la protección internacional: aplicabilidad de las políticas migratorias regionales a la luz del Derecho Internacional de los Refugiados.* Acnur: Buenos Aires, 2015. Disponível em: <www.acnur.org/t3/fileadmin/Documentos/BDL/2015/10216.pdf?view=1>.

BLANES SALA, José; OLIVEIRA, Adriana Capuano; RODRIGUES, Gilberto M. A. A integração local de refugiados no Brasil. In: *Guia de fontes em ajuda humanitária*. Rio de Janeiro: Médicos sem Fronteiras (MSF), 2016. Disponível em: <https://guiadefontes.msf.org.br/>.

BRASIL. *Lei de Migração*. Brasília: Presidência da República, 2017. Disponível em: <http://www.planalto.gov.br/ccivil_03/_ato2015-2018/2017/lei/L13445.htm>.

______________. *Refúgio em números*. 3. ed. Brasília: Secretaria Nacional de Justiça, Ministério de Justiça, 2018. Disponível em: <http://www.acnur.org/portugues/wp-content/uploads/2018/04/refugio-em-numeros_1104.pdf>.

BRÍGIDO, João B. L. et al. *Refúgio no Brasil*. Caracterização dos perfis sociodemográficos dos refugiados (1998-2014). Brasília: Instituto de Pesquisa Econômica Aplicada (Ipea), 2017. Disponível em: <www.ipea.gov.br/portal/images/stories/PDFs/livros/livros/170829_Refugio_no_Brasil.pdf>.

CIDH. *Movilidad humana* – Estándares interamericanos. Washington, DC: OEA/Comisión Inter-Americana de Derechos Humanos, 2015. Disponível em: <www.oas.org/es/cidh/informes/pdfs/movilidadhumana.pdf>.

COMITÉ HUNGARO DE HELSINQUE. *The Refugee Law Reader*. 3. ed. en español. Compilación de Derecho de las Personas Refugiadas. Budapeste: Comité Hungaro de Helsinque, 2015. Versão em inglês disponível em: <www.refugeelawreader.org/en/>.

FORCED MIGRATION REVIEW. Revista quadrimestral editada pelo Oxford Refugee Centre, Universidade de Oxford, Reino Unido. Disponível em: <http://www.fmreview.org/>.

G1. "Vivi 26 anos sem existir", diz refugiada que nunca teve nacionalidade. 30 jun. 2018. Disponível em: <https://g1.globo.com/df/distrito-federal/noticia/brasil-reconhece-apatrida-pela-1a-vez-na-historia-vivi-26-anos-sem-existir.ghtml>.

GEDIEL, José A. Peres; GODOY, Gabriel G. de (Orgs.). *Refúgio e hospitalidade*. Curitiba: Kairós/UFPR/Acnur, 2016. Disponível em: <www.acnur.org/portugues/wp-content/uploads/2018/02/Livro_Ref%C3%BAgio_e_Hospitalidade_2016.pdf>.

HOBSBAWM, Eric. *Era dos extremos*. O breve século XX – 1914-1991. 2. ed. São Paulo: Companhia das Letras, 2007.

INSTITUTO UNIBANCO. *Aprendizagem em foco*. n. 38, fev. 2018. Disponível em: <www.institutounibanco.org.br/aprendizagem-em-foco/38/>.

JUBILUT, Liliana L. *O Direito Internacional dos Refugiados e sua aplicação no ordenamento jurídico brasileiro*. São Paulo: Método, 2007. Disponível em: <www.acnur.org/fileadmin/scripts/doc.php?file=fileadmin/Documentos/portugues/Publicacoes/2013/O_Direito_Internacional_dos_Refugiados>.

KOIFMAN, Fabio. *Quixote nas trevas*. O embaixador Souza Dantas e os refugiados do nazismo. Rio de Janeiro: Record, 2002.

LEITE, Larissa. *O devido processo legal do refúgio no Brasil*. São Paulo: Faculdade de Direito da USP (Tese de doutorado), 2015.

MRE. Concessão da Nacionalidade Brasileira às irmãs Maha Mamo e Souad Mamo. Disponível em: <http://www.itamaraty.gov.br/pt-BR/notas-a-imprensa/19600-concessao-da-nacionalidade-brasileira-as-irmas-maha-mamo-e-souad-mamo>.

MSF. Fluxos mistos e o papel do Acnur de assegurar os direitos dos refugiados. In: *Guia de fontes em ajuda humanitária*. Rio de Janeiro: Médicos sem Fronteiras, 2016. Disponível em: <https://tinyurl.com/y9vyn9bd>.

ONU. Estados-membros da ONU aprovam primeiro pacto global sobre migração. ONUBR, 13 jul. 2018. Disponível em: <https://nacoesunidas.org/estados-membros-da-onu-aprovam-primeiro-pacto-global-sobre-migracao/>.

ORGANIZAÇÃO INTERNACIONAL DAS MIGRAÇÕES (OIM). *Los términos claves de la migración*. Disponível em: <www.iom.int/es/los-terminos-clave-de-migracion>.

REDIN, Giuliana; MINCHOLA, Luís A. B. (Coord.). *Imigrantes no Brasil*. Proteção dos Direitos Humanos e Perspectivas Político-Jurídicas. Curitiba: Juruá, 2015.

RODRIGUES, Gilberto M. A. Acnur e Universidades: a Cátedra Sergio Vieira de Mello (CSVM) no Brasil. *Refúgio, migrações e cidadania*. Cadernos de Debates 9, dez. 2014. Disponível em: <www.migrante.org.br/components/com_booklibrary/ebooks/caderno-debates-9.pdf>.

______________. *Papo de café* – Conversando sobre relações internacionais. São Paulo: Moderna, 2016.

______________. *A recepção dos refugiados*. Casa do Saber, São Paulo, 2016 [Vídeo]. Disponível em: <www.youtube.com/watch?v=2LnQtZcPk0M>.

ZYLBERKAN, Mariana. Refugiados no Brasil. *TAB, UOL,* 2015. Disponível em: <http://tab.uol.com.br/refugiados/>.

Organizações internacionais e nacionais que atuam para/com refugiados

Alto Comissariado das Nações Unidas para Refugiados (Acnur). Sede em Genebra. Representação no Brasil: Brasília, DF (Escritórios em São Paulo e Manaus): <www.acnur.org/portugues/>.

Adus – Instituto de Reintegração do Refugiado – São Paulo: <www.adus.org.br/>.

Associação Compassiva – São Paulo: <http://compassiva.org.br/>.

Caritas Arquidiocesana de São Paulo: <http://caritasarqsp.blogspot.com.br/>.

Caritas Arquidiocesana do Rio de Janeiro: <www.caritas-rj.org.br/>.

Comitê Nacional para os Refugiados (Conare) – Brasília, DF: <www.justica.gov.br/central-de-atendimento/estrangeiros/refugio-1/refugio>.

Conselho Norueguês para Refugiados. Sede em Oslo, Noruega: <www.nrc.no/>.

Cruz Vermelha Brasileira – Rio de Janeiro: <www.cruzvermelha.org.br/pb/#axzz4z5iISNQC>.

IKMR (*I know my rights*). ONG que atende e assiste crianças refugiadas: <http://www.ikmr.org.br/>.

Instituto Migrações e Direitos Humanos (IMDH) – Brasília, DF: <www.migrante.org.br/>.

Médicos sem Fronteiras (MSF). Sede em Genebra. Brasil: Escritório no Rio de Janeiro: <www.msf.org.br/>.

Missão Paz – São Paulo: <www.missaonspaz.org/>.

(Todos os sites listados neste livro foram acessados em 18 jan. 2019).